ANDRÉ BRETON
PERSPECTIVE CAVALIÈRE

等 角 投 像
アンドレ・ブルトン

松本完治 編　鈴木和彦・松本完治 訳

2016:Publication du 50 ans cmmémoration Après la Mort
Éditions Irène MMXVI

カバー装画："Portrait d'André Breton", Alberto Martini, 1929

等 角 投 像

目 次

§Ⅰ - 等角投像　　アンドレ・ブルトン　　　　　　　　　　　　5
　　　　Perspective Cavalière

§Ⅱ - この代価を払えばこそ　　アンドレ・ブルトン　　　　　　9
　　　　A Ce Prix

§Ⅲ - マドレーヌ・シャプサルによるインタビュー　　　　　　15
　　　　Entretien avec Madeline Chapsal

§Ⅳ - ギー・デュムールによるインタビュー　　　　　　　　　27
　　　　Entretien avec Guy Dumur

§Ⅴ - アンドレ・ブルトンが選ぶ理想の書棚　　　　　　　　　37
　　　──1956年、レーモン・クノーのアンケートに答えて
　　　　Pour une Bibliothèque Idèale par André Breton

§Ⅵ - アンドレ・ブルトンが晩年に賞讃・発見した知られざる画家たち　　45
　　　　Peintres inconnus, André Breton a été découvert ou a fait l'éloge
　　　　dans son plus tard années

§Ⅶ - アンドレ・ブルトン詳細年譜　　　　　　　　　　　　113
　　　　André Breton, Chronologie 1896-1966
　　　　Je cherche l'or de temps

「地の光」を想い視て──解題に代えて　　松本完治　　　　141

§Ⅰ

等角投像[★1]
アンドレ・ブルトン

Perspective Cavalière
André Breton

PERSPECTIVE CAVALIÈRE

Les mots "Vingt ans après" (que dire du double!) devant la sensibilité populaire comme on la façonne, retiennent beaucoup plus de la cape que de l'épée. Non seulement on la fait s'attendre à trouver changés, voire méconnaissables, en tout cas assagis et calmés ceux dont furent contés les exploits, mais encore on la presse d'admettre qu'entre temps l'histoire s'est mise à tourner comme une girouette, essayant de leur offrir toute prise. Ainsi de strictes limites de durée seraient assignées à une intervention telle que l'intervention surréaliste. Au delà le maintien de la volonté qui l'inspire, de la part de ses promoteurs, témoignerait d'une insistance abusive. De la part de ceux que le rouage des générations, par paliers successifs, a appelés à appuyer ou relayer les précédents, l'acte de faire leur cette volonté pour la porter toujours plus loin, grâce à une nouvelle irruption de sève, est sourdement donné pour anachronique, intempestif et a priori frappé d'inanité. Contre ces derniers, ceux qui à tous les étages régentent l'opinion n'ont pas trouvé de plus sûre défense que de faire comme s'ils n'existaient pas.

On est convenu de fixer en 1830 la première explosion romantique (réserve faite de certains phénomènes prémonitoires (Sade, le roman noir, Novalis, Rousseau)). À cette date Châteaubriand a passé soixante ans, âge auquel ne fait depuis longtemps que se survivre Hölderlin et qui est près d'atteindre Fourier; Stendhal qui si lucidement prendra parti dans Racine et Shakespeare approche de la cinquantaine, ainsi qu'Arnim, alors que Bertrand, Nerval, Borel, Musset, Forneret, Gautier fêtent presque à la fois leurs vingt ans.

Quarante années plus tard, qu'en a-t-il été et qu'en est-il? Hugo, tout compte fait, ne vacille pas trop. La pensée et l'expression romantiques ont eu le temps de culminer et d'inscrire leurs plus lointains prolongements chez Baudelaire, qui est mort. Sur le seuil qu'il leur

『等角投像』自筆原稿

「20年後」、一般的な人々の感受性にとって、この言葉は（そしてその倍は？）剣よりもはるかに法衣を思わせる。人々は、かつて語り草となった偉人たちが面影もないほど変わり、穏やかで静かになったと思うことだろう。のみならず、その間に歴史は風見鶏のようにくるりと向きを変え、あの偉人たちにはもはや挙げるべき手柄など残されていないと思わずにはいられない。といったぐあいに、シュルレアリスムのような介入ごとには、あらかじめ介入できる期間が厳密に定められているのかもしれない。その主導者たちの意志がこの期間を越えてなおも持続するのであれば、それは度の過ぎた執着心の表れなのかもしれない。世代という歯車となり、前の歯車を横ばいに支え、引き継ぐことを定められた人々にすれば、この意志をわがものとし、そこに新たな活力を注いでさらに持続させようという行為は、どことなく時代遅れで場違いな、むなしさの漂う行為に見えるものだ。そんな彼らに抗って、どの段階でもつねに世論を牛耳る者たちにとってわが身を守る最も確かな方法は、彼らが存在しないかのように振る舞うことであった。

ロマン主義の最初のブームが起こったのは1830年とされている（前兆現象としてルソー、サド、暗黒小説、ノヴァーリスなどいくつかの例外はあるが）。このときシャトーブリアンは60を過ぎており、60を迎えたヘルダーリンはかねてから余生を送る身で、フーリエも同年を目前にしていた。『ラシーヌとシェイクスピア』でじつに明快な立場表明を行うことになるスタンダールは50代を控えており、アルニムも同様であった。他方、ベルトラン、ネルヴァル、ボレル、ミュッセ、フォルヌレ、ゴーティエはほぼ揃って20歳を祝っていた。

40年後、どうなったか、どうなっているか。ユゴーには結局のところ目立った衰えもない。ロマン主義の思想と表現は、はるかな延長線上に位置するボードレールにその頂点と発露を見たが、彼は没していた。そんな彼がわずかに開いた入り口で立ちあがったランボーは、これまで知られていなかった、生のすべてに関わる力を秘めている。他方ロートレアモンは預言者として、粉々に砕け散る危険を承知で、この入り口に発破をかける。

世界全体をあらたな見方で一から打ち立てようという独特な精神と気質をもったロマン主義が、それ以降に提示された——きわめて限定的な——感じ方や表現方法を凌ぐものであるにもかかわらず、文学の教科書が両者を同列のものとみなしてロマン主義を時代遅れにし

★1 『ブレッシュ』、第5号、1963年10月（刊行者註）

ようとしていることを（ロマン主義が抱く転覆的なものを払いのけようとしていることを）指摘する必要があるだろうか？　くだらない「高踏派」も寒けを催す「空想派」も、「印象派」も「野獣派」も等しく「まぬけ」でみな同じというわけだ。とりわけ象徴主義や表現主義を介してロマン主義から由来・派生した大量の作品群のうえに、ロマン主義はひとつの連続体として重きをなしているのである。

　抑え難い衝動まかせの冒険として、無限の目標を掲げる計画としてはじまったシュルレアリスムもまた、好むと好まざるに関わらずひとつの連続体である。何人かの若者が、やはりその身に課せられた「秩序」を頑に拒否するための武器を手に、彼方からの呼び声に胸を猛らせていた。誰もが当時のことを覚えている。1924年、ロートレアモンとランボーとジャリは絶頂にそびえ立っていた。既に6年前に没していたアポリネール（彼自身は多くの留保を示してたが）とヴァシェの影響力は輝きを失うことなく健在であった。遅ればせながらパリに浮かんだフロイトの星は——彼は当時68歳であった——新参者たちの目を輝かせ、心理学を因習から救い出した。あの頃何より多くを求め、何より精神的欲求を刺激する謎は、ルーセル（彼は当時45歳にして、未だ自身の機械室に籠っていた）、10歳ほど年下のキリコ、デュシャンといった名で呼ばれていた。

　さてその後は？　1964年を目前にしたシュルレアリスムには、1870年におけるロマン主義をめぐる考察が前提とする余地とおなじ余地が与えられている。シュルレアリスムの生命は、当初の計画や意図の深化だけでなく、時の流れに任せて生じる困難に持ちこたえるための高揚の度合いにもかかっている。

　シュルレアリスムとはひとつの推進力であり、今日そのベクトルは『シュルレアリスム革命』ではなく『ブレッシュ』のうちに求められる。

§Ⅱ
この代価を払えばこそ
―『シルベルマン、陰険な看板』展序文―
アンドレ・ブルトン
A Ce Prix
André Breton

我々が生きている今日の状況においては、詩人や芸術家は、現代を覆う人間疎外の特殊な様相に反抗して立ち上がったという限りにおいてしか、詩人を自認することも、長くその認知を主張することもできないだろう。

　「啓蒙」哲学以来、知性的なものであれ、道徳的なものであれ、人間の様々な渇望については、自然のなかに何らかの秩序法則が生じ得る、ひとつの意図を推論すべきではないということを、我々は十分思い知らされている。既成宗教の押しつける神が下らない暴君的なイメージから免れているにせよ、神の必然性を結論づけ得る合法的な思弁はいかなる場合もあり得ないからだ。しかしながら、「神」の名を飾り立てる神人同形論（アントロポモルフィスム）のこの上ない錯誤が、たとえアナロジーの過程において大きな障害になるとしても、この過程は、人間の内なる有機的な要請に応えていることに変わりはない。そして惨憺たる実体に固着することから逃れるために——ヘーゲル弁証法の諸資源も用いて——このアナロジーの過程が疑義を呈されたり抑止されたりすることなく、これとはまったく逆に、触発されることが求められるのである。この代価を払えばこそ詩である。

　フロイトの思想の圧倒的な影響力のもと、今日では性が世界をリードしていることがますます認知されるようになっている。そこから、時代や場所が異なりこそすれ、未開人や我々にも重くのしかかるタブーや禁止は、すべて大急ぎで取り除かれねばならぬという結論に至っているように見える。精神分析上の諸発見の反響はかくまでに大きく、この件についてまったく無能な者や、資格のない者までが問題を提起するのは避け難いことだった。こうしたほとんど無知蒙昧な連中が、性教育という教科において、馬鹿々々しいどころか危険な提案を我々にもたらしている。この分野において、他国より解放されているはずのこの国の青春が、一層途方に暮れているように見えるのだ。組織的な性教育が価値を持ちうるのは、《情念の純化》の弾力を損なわずに、《禁断の果実》の魅力を乗り越える手段を見出す限りにおいてのみであろう。問題となり得るのは、手ほどき（イニシエーション）のみであって、それもこの言葉が示唆する聖なるものすべてを含んだ——もちろん諸宗教の外での——イニシエーションである。そしてそれは、人間の各カップルの理想的構成が欲する探求をおのずから含んでいるのである。この代価を払えばこそ愛である。

「世界を変革する」ことと、「生を変える」こと、この二つの野望を、シュルレアリスムは断固として結びつけ、唯一の分かちがたい要請として自らに課した。東欧において40年来続いているスキャンダル、すなわち社会主義の建設という公言された目標の偉大さにひきかえ、最悪の形式的裁判や暗殺の行使から、民族自決権の最も野蛮な侵害に至るまでの卑劣極まりない諸手段、この絶対的な二律背反を、まさしくこの範疇において、シュルレアリスムは絶えず非難し続けてきたのである。資本主義社会のあからさまな不正についても、このような犯罪に手を染め、身をもって責任を負うべき連中の言訳にはなり得ないだろう。そしてごく最近、ある著名な《思想家》が賞を辞退する際、その機会をつかまえて、このような二つの社会制度を持ち上げるのに至っては言語道断である。レオン・トロツキーの『文学と革命』がようやく仏訳された今日、その基本的なテーゼを回避することは不可能になっている。すなわち、一方のスターリニズムとその流派、他方の革命的な反スターリニズムとの間のイデオロギー闘争は、《人類の物質的、精神的な生活の全般的な考え方の対立》に基づいているからだ。「アンガージュマン」が要求するあらゆる盲目的隷従とは逆に、芸術は自由であるべきだという我々と同様の声が、その基本的なテーゼで言明されている。フルシチョフ失脚の事情に関して固守された沈黙が前例のない困惑をもたらし、手先たちを不安に陥れている今（やがてはその不安も解消され、政権の深い危機が辛うじて回避されるかもしれないが）、最大限の注意が必要である。同様にまた、不測の事態に対する最高度の対処能力や、最大限の融通性がなおも不可欠である。この代価を払えばこそ自由である。

ジャン＝クロード・シルベルマンが我々の前に姿を現すのは、これら三つの気高き樹木が生い繁る道の交叉点においてである。彼は《女王の接吻》の痕を額にとどめ、妖精パックが彼に対して内部の光景の諸要素に帆や翼を飾り立てることに助力を惜しまない。あたかも我々のまぶたに花汁をしぼることで勝手気ままに振る舞うように。それらのおかげで、我々のまわりは一面、夏の夜だ。

1964年10月

〔訳註〕

※1　この原稿が書かれる直前、ジャン＝ポール・サルトルが1964年10月22日にノーベル文学賞を辞退したことを指す。
※2　サルトルは、辞退の理由をフランス国内向けに説明した際、東西両陣営（社会主義陣営と資本主義陣営）の平和的共存を願うことも表明しており、この発言を指している。
※3　ソビエト連邦書記長フルシチョフは、この原稿が書かれる寸前の1964年10月14日に失脚した。脱スターリン化を図る一方で、ハンガリーに軍事介入したことで知られる。失脚後、ソ連は、ブレジネフ、コスイギン、ポドゴルヌイのトロイカ体制に移行した。
※4　妖精パックとは、英国の妖精・精霊のことで、いたずら好きな妖精として数々の民話に登場する。特にシェイクスピアの戯曲『夏の夜の夢』に登場することで有名で、パックが人間のまぶたに花汁を塗ると、目に入った人物に惚れるという媚薬効果で知られている。妖精の力が強まると、大団円や祝祭がもたらされるという、ヨーロッパの古い言い伝えがあり、最後のフレーズは、シェイクスピアの同作品と祝祭の謂いを込めているものと思われる。

§Ⅲ
マドレーヌ・シャプサルによるインタビュー★1
Entretien avec Madeline Chapsal

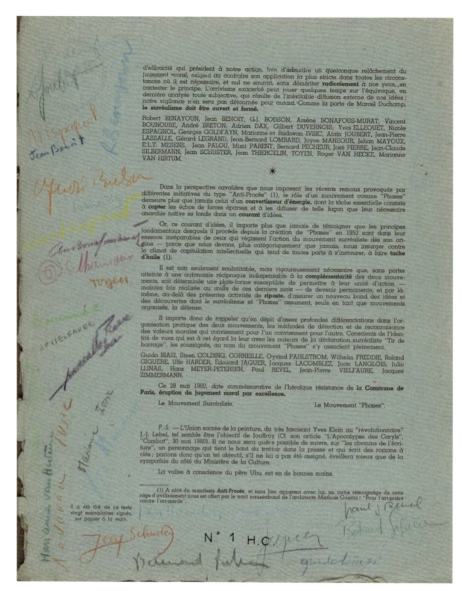

シュルレアリストの共同起草パンフレット「弾幕射撃」署名者サイン入り (1960年)

―――なぜ『宣言』を再版させたのですか？
―――何年も前からこのテクストは店頭から姿を消していました。シュルレアリスムの影響は計り知れず、はるか遠くまで広がっていったと、大学の批評も認めています。今日シュルレアリスムは講義の対象となり、試験問題にも組み込まれています。ですから、入手困難となった本に目を光らせて、わざわざ買い求める苦労をせずに資料が手に入るようになるのは大切なことです。そのうえ、実にありがたいことに、シュルレアリスムへの関心はこの数ヶ月で再び高まってきています。ジャン＝ルイ・ベドゥアンの『シュルレアリスムの20年』に対する世間の反応がそれを物語っています。この運動の軌跡の最初の20年に焦点を絞ったものはよくありますが、本書の大きな功績は最近の20年に光を当てていることです。シュルレアリスム絵画を専門に扱った本が2冊出版され、この数ヶ月パリでシュルレアリスムをめぐるさまざまな展覧会が好評を博したことからも、関心の再燃ぶりがうかがえます。さらにジャン＝ジャック・ポーヴェールによる選集には――長らく入手不可能だった抒情的なテクストに加え――政治的な発言も収録されており、これらの発言は決定的な時期（1935年）に遡るもので、第22回会議の決議以降はまるで異なる響きを持つと思います。つまり私は、今回の再版は時宜を得たものだと考えています。本来のシュルレアリスムと新しい世代の間に橋を渡す必要があったのです。

―――再版されたテクストには手が加えられていません。特定の個人に対する批判のいくつかは、その対象となった人々にとっては今日でもあまり喜ばしいものではないと思われませんか？
―――確かに辛辣で痛ましい批判も多いですが、とはいえそれらはとっくの昔に無効となっています。今回の版にも収録されている1946年の「第二宣言」の再版の序文で、私はそれらの誤りを正しました。私自身、同様の批判を浴びてきました。こうした批判は、他の極端な行為と同じで、それを消し去るのはもはや私の役目ではありません。批判対象となった人々は、シュルレアリスムが発達してきた情熱的な気運の結果としてああした批判が生じたということをわかっています。とりわけジョルジュ・バタイユの場合がそうでした。彼がつ

★1　『エクスプレス』、1962年8月9日（刊行者註）

い最近この世を去ったことは、私にとって深い悲しみです。私たちはいくらかの計画をめぐって派手に対立していたとはいえ、まったくの人間的な結果として、彼は私にとってとても大切な人間であり、彼の思考と彼の人生の高貴さには感服していました。バタイユは幾度となく、彼自身がシュルレアリスムと私に深く繋がってきたことを強調していました。

―― 今日の生活の中で、シュルレアリスムの直接の結果と呼べるものがありますか？
―― それは私が言うべきことではありません……。デパートのショーウィンドーはシュルレアリスムで一杯だとか、そういうことを飽きもせずに言い続けるのは、十中八九シュルレアリスムを陥れて終わったものと見なそうとする人間のやることでしょう。それよりはもうすこし高尚な次元で、シュルレアリスムの影響をはっきり留めるものを列挙することは、やろうと思えば実にたやすいでしょう。「アクション・ペインティング」、ジェスチュエル、アンフォルメルなどという今日の絵画にしても、あれはまず自動記述から出発したもので、シュルレアリスムが推し進めた自動記述の派生形なのです。他にも例をあげましょうか。夕刊紙や週刊誌の人目を引くセンセーショナルな見出しはどうですか。かつて私たちのあいだで流行っていた「優美な死骸（カダーヴル・エクスキ）」のようなシュルレアリスムのゲームがあそこに使われていることはあきらかです。あのゲームは、紙切れあそびと呼ばれていたものをちょっと変えただけなのですけどね……。とはいえ、これも目に見えるところに客観的に認めることのできる影響のひとつです。概念や感覚の次元では、シュルレアリスムの影響はもっとひそかで微妙なかたちで広がっていきました。

―― あなた自身、今でも自動記述による筆記を行っていますか？
―― それが何の役に立つでしょう？ その点についてはもう説明しました。自動記述は、それ自体が目的とはなり得ないものです。なるべく純粋な自動記述を書き上げればそれでいいのです。というのも、それさえあれば、自動記述があらかじめ必要とする精神の一連の働きをたやすく再構成し再生産することができるからです。とはいえ、この作業自体も機械的に行う必要があるのですが。禅の哲学における弓矢や牛飼いのようにして。

―― あなたは現在作品を書いていますか？
―― 私は「職業作家」として物を書いたことはないし、一度もそうだったことはありません。次はこんな本を書きますといちいち告知する義務もないし、ジッドやモーリアックみたいに、私も片時もペンを離さない人間だと思われるかもしれませんが、私の思う人生はそういうものではありません。私にはシュルレアリスム精神さえあればそれで十分で、そのためにはいかなる欠陥もあってはならないと自分に言い聞かせています。まもなく刊行される『ブレッシュ』誌の第3号目次で私の周りに名前が並んでいる人々との密な関係を通して、そんなシュレアルスム精神の擁護と顕揚はいまも続いているのです。

―― 自分の使命は詩作であるとどのようにして思ったのですか？　そもそも、これまでにそのような使命を感じたことはありますか？
―― 「使命」ですか……。私の両親は ―― 当時はどの家の親も同じで ―― 私を理工科学校か高等鉱山学校に行かせたがっていました。私は自分にその道が断たれていることをすぐに理解しました。自分には適性がなかったし、そんなふうに他人に取りはからわれるような人生はごめんでした。中等教育が終わり進路を選ぶ必要があったので、というかすぐにでも決めねばならなかったので、医学の道に進みましたが、医学という学問が自分の奥底にあるものと合致するかもよくわかっていませんでした。これならまあ他のことよりはましだろうと思えたまでで、消去法的な、ただただ消去法的な選択でした。医療関係の仕事なら、他の精神的な活動とも折り合いをつけやすいだろうとも思っていました。

―― 当時は作家になろうとは思っていなかったのですか？
―― はっきりとその計画があったわけではなかったということです、それを自分の将来という形でしっかり意識していたわけではなかった。いくつか詩も書いてはいましたが、それはもちろん、まずは自分に自分を示すためのものであって、その後でこれらの詩を通じて、誰よりも尊敬すべき才能を持ち、驚くべき精彩をはなつ何人かの人たちと関わることができれば良いと思っていました。なかでもポール・ヴァレリーとね。私は彼にソネットを献じたこ

とがあるんです、まるごと渦巻装飾のような、人間的な内容に乏しい詩でしたが（16歳のときです）、まあそれはいい。返事をもらったんですよ、まったく驚くべきことでした。彼が私を家に招き、受け入れてくれたときのことは忘れられません、また来なさいとも言ってくれた。まるで彼は私を別人にしてくれたような、この目に価値を与えてもらったような思いでした。彼の手にゆだねた拙作に対する彼の批評や助言は、いつまでも私の役に立っています。

―― シュルレアリスムを着想する以前はどういう詩を書いていたのですか？
―― マラルメにたいへん強い影響を受けていたので、マラルメ的な形式の詩や散文を書いていました。形式というのは、人間としてはまだまだ未熟でしたから、くり返しになりますが、中身が伴っていなかった。

―― それから？
―― それからはもう、戦争ですよ……。私たち世代の何人かは、戦争というものをほんとうに呪いたくなるような思いで見ていました。あの許しがたい殺戮、化け物じみた欺瞞をね。そういうものを前にしたとき私は、書かれた言葉は人を惹きつける道具となるだけでなく、生を――それが無理なら感じられる生を――左右し、常軌を逸した耐えがたく思われうるすべてのことに、はじめから介入する意志を示すべきだと悟ったのです。

―― つまり戦闘態勢を取っていたわけですね。あなたにとって支えとなる人はいましたか？
―― 1916年に出会ったジャック・ヴァシェには大きな影響を受けました。彼は言葉だけでなく態度からも――彼の『戦場からの手紙』を読めばわかりますが――ユーモアという最も調査の進んでいない領域を私に教えてくれました。彼からの影響があったとはいえ、ヴァレリーとアポリネールからの影響を免れることは到底できませんでした。この二人の詩はかなり相反しているようですが、結局のところひとつに結びつきます。私はこの二人の間に自分の道を探し求めました。ヴァレリーは規則のほうに照準を定めた人だと思いますけれど、彼

にはニーチェのような油断のならないダイナマイト的な巨人に対する目配せもありました。対してアポリネールの魅力は、彼は素材を探しに通りに出て行き、それを集めて詩にしようと思えば、ほんの会話のきれはしにまで価値を与えてみせることができた。彼が素晴らしいのは、沢山のそういう詩でさまざまな実験的試みをやっていることです。「ランドール・ロードの移民」や「地帯」や「サン・メリーの音楽家」を思ってみてください。

――― ランボーとロートレアモンを、少なくとも彼らの全貌を発見したのは、その後のことなのですね？

――― その後ではありません、ランボーはちょうどその頃で、ロートレアモンは1918年ごろになってから ―― まあ、いずれにせよだいぶ後でしたか。当時この二人の作品は今日ほど簡単に手に入らなかったということを忘れてはいけません。あの頃の教科書は、ルコント・ド・リールやシュリー・プリュドムを称えて、ボードレールを悪趣味とみなして申し訳程度に数行を割き、ランボーはただ名前が載っていただけでした。この点をめぐって紛れもない革命が起きたわけで、シュルレアリスムはそこで主導的な役割を果たしたのです。私に言わせればそれだけでもう十分な功績でしょう。詩に関して、芸術に関してもそうですが、シュルレアリスムは価値観の全面的な見直しを命じたのです。ランボーが当時とっつきにくい作家だった理由として、彼の伝記作者たちが――忌々しい義弟ベリションをはじめとして――彼を好きなように歪曲していたこともあります。レミ・ド・グールモンは彼の「少女気質」を暴かねばならないと思っており、それがランボーの評価を決め、またクローデルはカトリックへの改宗の道具としてランボーを称えていましたからね。それに、1872年のドラエ宛のたいへん重要な手紙もちょうど公開されたばかりでした。1916年、私がナントの神経医療研究センターのインターンだった頃はそういう状況で、一人で郊外の地区をぶらぶらしてありあまる時間を過ごしていた当時の私は、ランボーの作品に染まり、いつ何時も持ち歩きながら、彼の作品に結びついた謎の魅力にどこまでも取りつかれたのです。透視力、「思いっきりおどけて取り乱した」表現、「ことばの錬金術」、私にとってはすべてが命令であり、私はこれに正面から取り組むことを自らに課しました。「絶対に現代的でなければならない」と

ランボーは言います。これもまた私にとっては役に立ちました。定型詩から次第に自由へと向かうランボーの詩の進展は、彼以降の詩に一切の後退（たとえば十二音節詩句(アレクサンドラン)）を禁じました。そのような後退をすれば、詩は歴史上に居場所を失う恐れがあるのです。

　ロートレアモンのほうは、比べものにならないほど濃い霧に包まれた存在でした。ブロワとグールモンは彼の才能に感じるところがなかったわけではありませんが、彼らはそれを精神的疎外であると性急に結論づけてしまいました。はるかに洞察力のあるジャリは彼をとても高く評価したものの、彼について簡単に触れた程度でした。同時代人のうちで彼に深い理解を示したのは、ほとんどレオン＝ポール・ファルグとヴァレリー・ラルボーだけで、ラルボーに至ってはロートレアモン研究の嚆矢となる洞察に富んだ本を残していますが、注目を浴びることはありませんでした。とはいえそれに比べれば、とりわけフィリップ・スーポーと私が『マルドロールの歌』に覚えためまいは、これは大げさな言葉ではありません、まったくの別物でした。私たちは何週間もこの本から離れられず、この本の問いかけを無視することができませんでした。この本についていつまでも話し合い、表現のレベルで、これは比類のない凄いものを目の当たりにしているなという実感がありました。現代の抒情の極限がそこにあったのです。私たちは狂ったようにその秘密を引き出そうとしました。シュルレアリスムが推奨した自動記述の大部分は、この探究に端を発しているのです。

―― あなたが「文学的使命」――この言葉をお好きではないでしょうが――そのようなものの芽生えを感じたのはその時ですか？
―― 使命というものがあるとすれば、いずれにせよ文学的ではなく詩的使命と言うべきでしょう。私は未だに文学と詩にはなんのつながりもないと思っています。文学とは、外の世界を向いたものも内省を決め込んでいるものも、私に言わせれば駄弁です。詩とはあらゆる内的冒険であり、私が興味を持っているのはこの冒険だけなのです。

―― その詩的使命は何をもたらしてくれましたか？
―― そのおかげで私はまず、終わりのない戦争状態のなかで日増しに良識に反した耐え

がたいものとなってゆく命令や強制を、まとめて拒否することができました。それから、あのような状況を招いたと思われる思想や人々を、可能とあらば、つまり最小限のリスクで告発する意志を私に与えてくれました。詩とは本質的に、当時の私たちが耐え忍ばねばならなかったことに頑に抗するものですから、私はこの抗戦に必要な刺激を詩に求めていたのです。

―――― どのような次第で医学を断念したのですか？
―――― 復員した私は、他の人々と同じように、パリの舗道に投げ出された身でした、そのなかにアラゴンとスーポーがいました。私たちは何でもできる状態だったので、折り合いをつけて普通の暮らしを送る気はさらさらありませんでした。

―――― あなたは「私」とはほとんど言わずにいつでも「私たち」と言いますが、これはなぜですか？
―――― 私はいつでも個人の活動よりも集団の活動にずっと重きを置いていました。はじめに一定の規範についての合意さえ取れていれば、個々の性格の違いは強烈な力の源になると私は思っています。シュルレアリスムの名のもとに達成されたものは、こうして複数の人間の力を合わせることなしには実現できなかったものなのです。多かれ少なかれ重要な何人かの脱退はありましたが、肝心なのは常に新しい力が生まれていたことです。

―――― 勉学をやめて間もない頃は何をしていたのですか？
―――― 大きな高揚感をもって生きていましたが、今にして思えば、あの頃の自分は辛い時期にあったという印象があり、あの高揚感がなんだったのか今でもよくわかりません。家族は私が勉強を放棄したことに憤り、仕送りも断たれていました。仕方ないですね。ホテルに戻らずベンチで一人夜を明かしたこともあります、精神的にはどこまでも放心状態にありました。

―― どうやって生計を立てていたのですか？
―― ヴァレリーが私のことを聞きつけて助けてくれたのです、それからジッドも。ガリマール社でちょっとした仕事をさせてもらいました。二人の推薦でプルーストの作品のゲラチェックも担当しました、彼は手書きでびっしり加筆してよこすのです。ご存知の通り、あれが迷宮のような作品でね。プルーストの著作は、描かれている社会階級からしてそこまで興味を引きませんでしたが、彼自身とはよく会う機会があり、とても魅力的できわめて愛想のよい人でした。それからやはりこの二人の庇護のもとで、服飾デザイナーのジャック・ドゥーセの現代の出版物の図書館の編成をやり、彼が美術品を購入する際にも助言をさせてもらっていました。そんなふうにして、どうにかこうにか食っていくことができました。

―― ドゥーセの美術品にかかわっていたことは、あなたの一貫した関心を示す例ではないでしょうか？　あなたの個人コレクションは素晴らしいですが、画家を発掘し、プリミティヴ・アートに興味を持つに至るまで、色々と苦労なさったのではないでしょうか？
―― 幸いわたしの弓にはそういう弦が張られていたのです。何年経っても私の好奇心にはほとんど衰えがありませんでした。何かに熱狂する強い力を持っている私は、新しいものや、珍しいものや、奇妙なものや、美しいものを渇望していました。反面、平凡なものや、本物でないものや、型にはまったものに対する愛想は少しも持ち合わせていませんでした。私は質がわからない人間だと言われたためしはありませんが、自分がそういうセンスをしばしば何かの間違いで手に入れたとは思っていません。

―― あなたにとって最初の決定的な文学行為は何ですか？
――「自動記述による筆記」の経験です。これが結実して、フィリップ・スーポーと共著で『磁場』の出版に至りました。

―― その時から個人での創作を目指さなかったのですか？
―― そうは考えていませんでした……。私は「ペンを持つ手も、犁を持つ手と似たり寄っ

たりだ……」というランボーの言葉とテスト氏のためらいをはっきりと胸に抱いていたからです。とはいえテスト氏は、彼のいう「自分が特別な存在であると感じる喜び、大きな独特の快楽」を得たければ知性を鍛えねばならないと教えてくれました。これは、バレスのいう社会や社交界での「成功」を志す「自我崇拝」とは全くの別物です。

—— ということは、当初あなたは個人としての創作に対する野心はなく（とはいえあなたは創作を行っていたわけで、このことは今後ますます世に知られるでしょう）、むしろ人間の秩序を改善しようというはるかに壮大な野心を持っていたわけですね、そしてそんなあなたには、あなたと同じように抵抗し希望を抱く人々の助けがあった。それがシュルレアリスムだった。現在あなたは満足していますか？
—— 私ですか？　じつに不満です。1962年という年にあって、不満の種に事欠かないどころの騒ぎではありません……。

—— いえ、結局のところこれまでのことに対して満足していますかという意味です。
—— 人と同じように、私も人生でいくつかの挫折を味わいましたが、大切なのは、詩と愛と自由という、私が最初に選んだ三つの信条に関して妥協しなかったことです。これは恩恵のようなものの支えがなければできないことでした。この三つの信条は私にいかなる失望ももたらしませんでした。これらの信条を穢すような真似をしなかったことが、私の唯一の誇りと言えるでしょう。

§Ⅳ
ギー・デュムールによるインタビュー[★1]
Entretien avec Guy Dumur

——色々な展覧会や『宣言』の再版、シュルレアリスム関連の古書（本や雑誌——そしてもちろん絵画も）の値段の高騰など、近年のさまざまな出来事からわかるように、シュルレアリスム運動は記憶にないほどの盛り上がりを見せています。その一方で、ある種のシュルレアリスム的な「発想」がさまざまなところで見受けられますが、シュルレアリスムの古今の目的と世の人々のあいだに誤解が生じていると思われますか？

——この数年間でシュルレアリスムに対する関心が増し、支持層が広がったことは事実です。これにはさまざまな理由があります。実際的な面では、いくつかの基本文献が「文庫版」に収められ、ようやく若い人たちに手に取ってもらえるようになりました。本当に読んでもらいたい人たちにね。今日若い人たちの多くが熱烈に支持してくれているのですが、その数があまりに多いうえに皆ばらばらなので、各々の精神の可能性に応じて彼らが望むほうへと導いてやることが難しいのです。彼らにはまだまだよく理解されておらず、それゆえ幻滅される恐れもありますが、シュルレアリスムは一度も党派や「宗教」としての組織化を望んだことはありません。サン・シモン主義的な広義の「宗教」としてもです。

　シュルレアリスムに好意的な関心が再び高まっている根本的な理由のひとつとして、今日たくさんの人々を悩ませている感情の貧困化を考慮に入れる必要があるでしょう。実存主義がどれほど大規模なものだったにせよ、あれは何よりも、先の戦時中やその前後の出来事をうけて悲惨な状態となった「公民」としての人間の再生を目指すものでした。彼らの詩や芸術運動はシュルレアリスムに取って代わることを切望しましたが、その目的はシュルレアリスムに比べれば非常に限定的であったように思います。実存主義には世の中の硬直したものや欺瞞を批判する必要性が感じられないのです。ありとあらゆるそうしたものを批判しなければ、手のつけられないものが絶えず芽を出してくる。シュルレアリスムの場合はそのような極端な計画をはっきりと掲げているので、徐々に充電を行いつつ寿命を保つことができているのです。もちろんそのせいで突発的な動揺も起こりますが、1924年と「研究所」からであれ、1930年と『革命に奉仕するシュルレアリスム』からであれ、1933年と『ミノトール』からであれ、1941年とアメリカでの『VVV』からであれ、1946年のパリからであれ、今日に至るまでの雑誌の目次や冊子の署名を見返してみれば、絶えず新たな人々が現れて、

★1 『ヌーヴェル・オプセルヴァトゥール』、1964年12月10日（刊行者註）

欠けた人々をすぐに埋め合わせるように協力の手を差し伸べてきたことがわかります。今日までずっと高揚は続いてきたのですが、唯一世論というのは怠惰なもので、常に四半世紀は遅れており、シュルレアリスムの歩みを最初のうちしか、つまりごく簡潔にしか認めようとしなかったのです。実際にはシュルレアリスムの歩みは、より遠くへという欲求から絶えず新たな力を得てきました。この欲求は、私たちなきあとも、少しも勢いを失うことなく広がってゆくでしょう。

　大学がこんなにも注意深く、こんなにも敬意を込めてシュルレアリスムを重んじることになるなんて、40年前に誰が言ってくれたでしょう？　少なくとも外国ではそうなっています。私たちの活動について多くの学会で常に的確な発表を行っている、アメリカ人のアンナ・バラキアンという友人が最近教えてくれたことには、彼女はイェール大やハーバード大の仏文学の職を志願する若い教師たちを評価することになったのですが、志願者の三分の一がシュルレアリスムの講義をしたいと言っているとのことです。それは途方もなく凄いことだとわたしたちは認めました……。これは、1964年にチェコスロヴァキアのフルボカーで催された展覧会のカタログです。「チェコの現代美術の最も重要な動向のひとつを先導したのはシュルレアリスムの活動であった」と書かれています。こちらは近年同国で出版された『スロベンスキー・ポフレディ』という雑誌のシュルレアリスム特集号です。巻末のシュルレアリスム辞典は全くもって最新のものです。他にも、これは世界有数の神経症的な名前の街、ブダペストから届いたばかりの手紙です。ハンガリー語版の『シュルレアリスム宣言』が出版間近だとのことです。これはつまりふたつの「陣営」の対立を越えて、シュルレアリスムが両側で成功を収めているということです。これは大変なことです。

——近頃では「ビートニク」、ポップアート、ヌーヴォー・ロマン、ハプニング、ミュジック・セリエルといった、より限定された領域で、ある種の——倫理的あるいは美学的な——反抗が見られますが、こうしたものもシュルレアリスムの延長であると思いますか？
——シュルレアリスムは本質的に、どんな形式のものであれ、いかなる新しい反抗の表現とも相容れないものではありません。問題は、いま列挙したものが果たして本当に反抗の表

現であるのかということです。ポップアートを例に取ってみましょう。ポップアートが産業文化の最も異常で有害な側面を明確にとらえていることに疑いの余地はありませんが、かといって産業文化を正面から告発しているわけではなく、むしろ馴れ合い、みずからその産物であることを認めているように思えます。そのような立場は、常に変わらない私たちの立場に比べれば著しい後退です。シュルレアリスムはその詩的体質からして、ゴミやカスに頼っているような造形芸術には全面的に嫌悪を覚えます。『ヌーヴェル・オプセルヴァトゥール』の創刊号で、ジャン＝ポール・サルトルが「イエイエ」という現象について考えるべきことを見事に言ってくれました。『ヘルザポッピン』が生んだ「ハプニング」は、乱交的な性という恐ろしい危険とすれすれのものだと思います。それからまた、わたしはフィクションの作品にはほとんど食指が動かないと何度も言ってきたので、「ヌーヴォー・ロマン」についてしっかりした玄人のような見解を求められても困ります。とはいえ、ラウシェンバーグやテレマックや、ジュフロワや、まあ彼とは激しく対立しましたけどね、ロブ＝グリエやソレルスやビュトールらがサインしているものに私が興味を持つことを妨げるものは何もありません。

——— あなたはシュルレアリスムやその変化形にみられるそうした「公教的な」側面に対して、たとえばシルベルマンの展覧会に寄せた「この対価を払えばこそ」という文章に書いたような「秘教的な」姿勢を対立させようと考えているのですか？
——— 私が「シュルレアリスムの深遠にして真正な秘教化」を求めたのはとうの昔のことで、あれはひとえに観念的な願望だったと思えます。錬金術の再評価のために尽力したウジェーヌ・カンスリエが、このほど再版されたフルカネルリの『大聖堂の秘密』の新しい第三の序文で、錬金術の名において、近年の「司教会議」で大勢を占めかけたいわゆる「先進」派を糾弾しています。彼はそれを何より罪深い放棄とみなし、「空疎な議論と神秘的な法に対する深い侮辱」であると非難しています。もし詩と芸術自体が圧力の対象となっていなければ、こうした論争は全くもって私たちの関心事の外側にあることでしょう。ですが詩と芸術に対しては、一方に「明晰さ」という最も重要な務めをめざす圧力があり、他方に詩と芸術をいわゆる「時宜にかなった」ものへとみちびく圧力もあるのです。後者の場合、詩と

芸術はすぐに政治的プロパガンダと成り下がり魂を失ってしまうということを私たちは知っています。

　本来の意味でのポエジーは、今日の造形芸術にかつてないほどの血液を送っているポエジーのように、何としても元々の語源的な意味を尊重させるものでなくてはなりません。どんな時代でも、どんな場所でも、人間の感性の網目を操ってきたのはポエジーであり、他でもない人間を裏切ることなくしては、ポエジーがみずからの特権を放棄することはありません。ランボーは詩人の責務をきっぱりと打ち出し、そのぶん増大させました。「もし彼が彼方から持ちかえったものに形があるのならば、彼は形を与えます。形をなさないものであるのならば、無形態を与えるのです。」彼はこのフレーズで「彼方」という語を強調していますが、つまりすべてはそこにあるということです。すべては、ある作品を前にしたとき、その作者がこの彼方にどれだけ深く達することができたのかを見て取ることにあるのです（その結果、どう見ても彼方への敷居を越えることのできていない多くの自称詩人や自称芸術家を羊の群れのなかに送り返す羽目になるでしょうが）。私たちには、何よりもこうした確固たる確信があるからこそ、シュルレアリスムの秘教的な姿勢を語ることができるのです。

——「この対価を払えばこそ」という文章について、あなたの考えを明らかにしていただけませんか？　とくに可能な形而上学、性教育と愛、政治における自由に関してお願いします。
——形而上学とは第一原因や根本原理の解明のための努力ですが、今日では全くもてはやされていません。形而上学は、18世紀にその歯車のあいだに挟まれた憂慮すべき棒を取り除くことができずにいるのです。クレマン・ロッセはこのほど再版されたヒュームの『対話』の序論で、その争点をこんなふうに説明しています。「善良な神、邪悪な神、善良かつ邪悪な神、善良でも邪悪でもない神という四つの仮定のうち、最も真実らしいのは最後の仮定である」。私はシルベルマンの展覧会のために書いた文章で、人間にみられる類似した構造——たとえ人間は消耗の果てにうぬぼれに陥り、みずからのために自分の似姿として神を作り上げることで、容易にひっくり返すことのできた関係を生み出したのだとしても——この構造は人間の本質にあり、進むべき道をさだめて進歩するための唯一の機会を人間の奥底に

与えてくれるものだということを主張したまでです。

　私はその短い文章で、今日持ち上がっている深刻な問題の解決方法を変えることができたとは思いません。その問題とは性教育のことです。いずれの性別の人間にとっても、肉体関係をもつことに対する準備不足は、これまで全体として間違いなく困惑の種であったし、これからもそうありつづけるものです（私が肉体関係と言うのは、「性交」という言葉を愛とは無関係なことばかりに張りつける今日の言葉遣いに対して懐疑的であるためです）。

　性に関する生理学はこうした危険性があまりに強いので、名前は忘れましたが、私が若かった頃に有名だった専門医の教授は、この点について断固とした立場を取っていました。男女の生殖器は全体としてただしく機能する、つまり生殖力を持っていると学生が持論を展開しようものなら、この教授はそれをぴしゃりと否定したことでしょう。

　いずれにせよ、この分野ではほぼ全面的に経験がものを言うので、幻滅や疑念や幻想や不安が生まれてしまうのです。それでなくとも、人はつねに尊厳のある愛を保てるわけではないというのに。精神分析の貢献もあって、こうした問題を性教育によって解決しようという傾向が生まれましたが、性教育の実施は結果的に、生きる意欲をひどく奪い、著しく後退させたということをさまざまな証言が一様に物語っています。それはおそらく、人々がこの問題にけりをつけようとあせってヴェールを剥ぎ、必要な処置も取らなかったために、夢の織りなされる場所そのものを穢してしまったからでしょう。このことに関しても一番の得策は、秘教の原理に基づいて、明かされたすべてのことに違う方法でもう一度ヴェールをかぶせることです。それをもう一度覆い隠すことができるのは詩だけであると私は思います。

　わたしはこうした見解から、無愛想な側面をみせる性教育に対して秘儀伝授をもって抵抗せねばならないと考えたのです。もちろん、その方法はまだ明確ではなく、性欲原理主義者や、医者や、心理学者や、教育者や……そして詩人が一緒になって考えることではじめて明らかになるでしょう。

　この分野では、卑劣きわまる欺瞞の思うつぼにならないよう、無知や混乱と闘わなければなりません——それはとても大切なことです——でも同時に、人間の心の奥底に根付いているものがわずかでも刈り取られてしまわないか気をつけねばなりません。人を引きつけるも

のがその中身を明かされることを求めている時には、さまざまな親和力を鑑みたうえでよくよく吟味する必要があります。私が中世的な意味で探究という言葉を使ったのは、こうした観点からなのです。何ものも、もっとも高潔な観念において、愛を神秘——人生で最も大きな神秘——のままにしてはならないし、愛をひとつの神秘のように執り行うことをやめてはならないのです。

———模索を続ける今日の左翼に対するあなたの立場を教えてください。どのようにして、何をひきかえにすれば左翼は活路を見出せるのでしょう？

———現在の政治における左翼が不調なのは何よりも、多くの人々がスターリン体制の最悪の大罪を、恥ずべきことに黙認しているせいだとわたしは躊躇せずに思います。時代は変わったと反論できるでしょうか？ 若い詩人ブロドスキーの近年の訴訟をみれば、今もソ連における創作の自由がどのようなものかがわかるでしょう。不安、はっきり言って極度の不安の大本にあるのはつぎの点です。共産党と呼ばれる政党は、その帝国を越えて、つまり彼らが自由な表現に蓋をして支配している広大な地域の外側でも、完璧に熟練した人員募集術と組織化によって、抑圧された階級の不満をたやすく集めています、厳密に限られた範囲内で主張を実現させることにかけては、唯一とは言わないまでも最も長けている政党なのです。加えて言えば、「世界をゆるがした」あの有名な日々は今なお、分別のない若者たちを次々と感化する大きな影響力を持っており、その炎は——おそろしいことに再燃し——かつてのように翼を燃やしているのです。左翼の問題は、現在の「共産党員」を組み込むべきか否かということにあります。それに答えを出すほど私はうぬぼれてはいませんが。

いずれにせよ私は——とりわけこの国では——状況が著しく悪化したときには、左翼が灰の中から復活すると思っています。数週間前に『恐怖と美徳』という素晴らしいテレビ番組を二本見ながら確かにそう思いました。『戦艦ポチョムキン』のような映画でも、あれ以上に見る者を震わせるとは思いません。あの番組の影響を留めることになる若い人たちの数を思い、何も失われてしまったわけではないのだと確信しました。ロベスピエールやサン＝ジュストの名前は、フーリエやフロラ・トリスタン、ドレクリューズやリゴー（訳者註：パリ・コミュー

ンの闘士、ラウール・リゴー）と同じく、さしあたり色々とよくない声が浴びせられているとはいえ、パリの敷石の下で鳴り響きつづけてきたのです。

――― あなたのことを伺わせてください。あなたとあなたのグループはシュルレアリスムをどのように継続していこうと考えているのですか？　来春に向けてどのような展覧会を企画しているかお聞かせいただけますか？

――― 誰もが昔から知っているように、運動を示す唯一の手段は歩くことです。シュルレアリスムはとっくに直観の段階のみならず理性の段階も越えてきました。私が30年前に規定したこれらの段階は、シュルレアリスムの構成期にあたるものでした。ジャン＝ルイ・ベドゥアンの『シュルレアリスムの20年』は、その後のシュルレアリスムの軌跡を辿るためのあらゆる手がかりに満ちた、シュルレアリスムの今後の発展を大いに占わせてくれる作品です。

　当初は今年度末に「女性の到来」というシュルレアリスム展をロイユ画廊で予定していたのですが、このタイトルのイベントにふさわしいのは春だろうということで来春に延期しました。もちろんこのイベントは、1959〜1960年にダニエル・コルディエ画廊で「エロティシズム」をテーマに催されたシュルレアリスム展とかぶらないようにするつもりです。あの時はエロティシズムを露骨に表現しないよう十分気をつけました。そして、これまで十分に明らかにされてこなかったことかもしれませんが、スポーティーなものの介入からエロティシズムを守るためにも気をつけました。ジャリが『超男性』でその誤りを見事に暴いたようにね。エロティシズムは、私たちの計画を変な形で頓挫させるものではなく、女性の高揚と称揚にふさわしいものとなるでしょう。女性の高揚と称揚は、「アーサー王」物語群や「プロヴァンス」の恋愛に端を発し、ドイツ・ロマン主義とともに飛躍を遂げ、ロテュス・ド・パイニの『女性の魔術と神秘』と、バンジャマン・ペレが『崇高なる愛の選集』に付した序文「彗星の核」ではるか彼方まで押し進められ、認められるに至ったと言えるでしょう。もちろん、作品の造形のクオリティこそが重要であることに変わりはないのですが、私たちはこの二重の条件をクリアした作品を展示するつもりでいます。

§V
アンドレ・ブルトンが選ぶ理想の書棚
――1956年、レーモン・クノーのアンケートに答えて
Pour une Bibliothèque Idèale par André Breton

アンドレ・ブルトンのアトリエより

1.	ホメロス「イリアス」	HOMÈRE : *L'Iliade.*
2.	ｘｘｘ「死者の書」(エジプト)	XXX : *Le Livre des Morts (Égypte).*
3.	マルセル・グラネ「中国の思想」	MARCEL GRANET : *La Pensée chinoise.*
4.	ｘｘｘ「円卓の騎士」	XXX : *Romans de la Table ronde.*
5.	ダンテ「神曲」	DANTE : *La Divine Comédie.*
6.	ｘｘｘ「古代の神々と英雄と人々—グアテマラ」 　　　(マヤ神話:ポポル・ヴフ)	XXX : *Les Dieux, les Heros et les Hommes* *de l'ancien Guatemala (Popol Vuh).*
7.	ミルトン「失楽園」	MILTON : *Le Paradis perdu.*
8.	ｘｘｘ「エスキモーのおとぎ話」	XXX : *Contes esquimaux.*
9.	ｘｘｘ「オセアニアの叙事詩」	XXX : *Épopees oceaniennes.*
10.	フレイザー「金枝篇」	FRAZER : *Le Rameau d'or.*
	＊	
11.	ヘラクレイトス「選集」	HÉRACLITE : *Fragments.*
12.	エンペドクレス「選集」	EMPÉDOCLE : *Fragments.*
13.	プラトン「対話篇」	PLATON : *Dialogues.*
14.	マルキオン「選集」	MARCION : *Fragments.*
15.	ヘルメス「文書」	HERMÈS : *Traités.*
16.	アプレイウス「黄金の驢馬」	APULÉE : *L'Ane d'or.*
17.	エックハルト「説教集」	ECKHARDT : *Sermons.*
18.	パラケルスス「作品集」	PARACELSE : *Œuvres.*
19.	アグリッパ「学問の不確実さと虚しさについて」	AGRIPPA : *De l'Incertitude et de la Vanité des Sciences.*
20.	ｘｘｘ「壮麗の書」	XXX : *Le Sepher-ha-Zohar.*
21.	シラノ・ド・ベルジュラック 「別世界又は月世界と太陽諸国諸帝国」	CYRANO DE BERGERAC : *L'Autre Monde ou* *les Etats et Empires de la Lune et du Soleil.*
22.	レス枢機卿「回想録」	CARDINAL DE RETZ : *Mémoires.*
23.	パスカル「パンセ」	PASCAL : *Pensees.*
24.	パスカル「プロヴァンシアル」	PASCAL : *Les Provinciales.*
25.	リヒテンベルク「箴言集」	LICHTENBERG : *Aphorismes.*

ｘｘｘ = 作者不詳

26.	スウィフト「奴婢訓」	SWIFT : *Conseils aux Domestiques.*
27.	J・J・ルソー「社会契約論」	J.-J. ROUSSEAU : *Le Contrat social.*
28.	J・J・ルソー「告白」	J.-J. ROUSSEAU : *Confessions.*
29.	ディドロ「運命論者ジャック」	DIDEROT : *Jacques le Fataliste.*
30.	サド「閨房哲学」	SADE : *La Philosophie dans le Boudoir.*
31.	ヘーゲル「現象学」	HEGEL : *Phénoménologie.*
32.	ヘーゲル「自然哲学」	HEGEL : *Philosophie de la Nature.*
33.	フーリエ「四運動の理論」	FOURIER : *Théorie des quatre mouvements.*
34.	ミシュレ「魔女」	MICHELET : *La Sorcière.*
35.	エリファス・レヴィ「高等魔術の教理と祭儀」	ELIPHAS LEVY : *Dogme et Rituel de la Haute Magie.*
36.	マルクス「思想論集」	MARX : *Œuvres Philosophiques.*
37.	サン=ティーヴ・ダルヴェードル「インドの使命」	SAINT-YVES D'ALVEYDRE : *Mission de l'Inde.*
38.	サン=ティーヴ・ダルヴェードル「統治者の使命」	SAINT-YVES D'ALVEYDRE : *Mission des Souverains.*
39.	サン=ティーヴ・ダルヴェードル「ユダヤ人の使命」	SAIN T-YVES D'ALVEYDRE : *Mission des Juifs.*
40.	サン=ティーヴ・ダルヴェードル「本物のフランス」	SAIN T-YVES D'ALVEYDRE : *La France vraie.*
41.	ジャン=ピエール・ブリッセ「人間の起源」	JEAN-PIERRE BRISSET : *Des Origines humaines.*
42.	フロイト「夢判断」	FREUD : *La Science des Rêves.*
43.	フロイト「日常の精神病理学」	FREUD : *Psychopathologie de la Vie quotidienne.*
44.	フロイト「イェンゼンの《グラディーヴァ》における妄想と夢」	FREUD : *Delires et rêves dans la Gradiva de Jensen.*
45.	トロツキー「ロシア革命史」	TROTSKY : *Histoire de la Révolution russe.*
46.	フルカネリ「賢者の住居」	FULCANELLI : *Les Demeures philosophales.*
47.	ハンス・プリンツホルン「精神病者の芸術表現」	PRINZHORN : *L'Expression plastique chez les Aliénés.*

*

48.	モーリス・セーヴ「デリー」	MAURICE SCÈVE : *Délie.*
49.	スウィフト「ガリバー旅行記」	SWIFT : *Voyages de Gulliver.*
50.	ゲーテ「ファウスト」(第2部)	GOETHE : *Faust (le second Faust).*
51.	ノヴァーリス「哲学的詩と断章」	NOVALIS : *Poésies et Fragments philosophique.*
52.	ユゴー「諸世紀の伝説」	HUGO : *La Légende des Siècles.*
53.	ユゴー「サタンの終わり」	HUGO : *La Fin de Satan.*

54.	アロウジウス・ベルトラン「夜のガスパール」	ALOYSIUS BERTRAND : *Gaspard de la Nuit.*
55.	アヒム・フォン・アルニム「怪奇物語集」	ACHIM D'ARNIM : *Contes bizarres.*
56.	ネルヴァル「火の娘たち」	NERVAL : *Les Filles du Feu.*
57.	ネルヴァル「シメールたち」	NERVAL : *Les Chimères.*
58.	ネルヴァル「オーレリア」	NERVAL : *Aurélia.*
59.	ボードレール「悪の華」	BAUDELAIRE : *Les Fleurs du Mal.*
60.	トリスタン・コルビエール「黄色い恋」	TRISTAN CORBIÈRE : *Les Amours jaunes.*
61.	シャルル・クロス「白檀の小箱」	CHARLES CROS : *Le Coffret de Santal.*
62.	ランボー「詩集」	RIMBAUD : *Poèsies.*
63.	ランボー「イリュミナシオン」	RIMBAUD : *Les Illuminations.*
64.	ロートレアモン「マルドロールの歌」	LAUTRÉAMONT : *Les Chants de Maldoror.*
65.	ジェルマン・ヌーヴォー「愛すること、知ること」	GERMAIN NOUVEAU : *Savoir Aimer.*
66.	マラルメ「骰子一擲」	MALLARMÉ : *Un Coup de dés jamais n'abolira le hazard.*
67.	アポリネール「アルコール」	APOLLINAIRE : *Alcools.*
68.	アポリネール「カリグラム」	APOLLINAIRE : *Calligrammes.*
69.	レーモン・ルーセル「アフリカの印象」	RAYMOND ROUSSEL : *Impressions d'Afrique.*
70.	ピエール・ルヴェルディ「屋根のスレート」	PIERRE REVERDY : *Les Ardoises du Toit.*
71.	バンジャマン・ペレ「大いなる賭」	BENJAMIN PÉRET : *Le Grand Jeu.*
72.	バンジャマン・ペレ「強い手」	BENJAMIN PÉRET : *Main forte.*
73.	マルコム・ド・シャザル「造形感覚II」	MALCOLM DE CHAZAL : *Sens plastique II.*

*

74.	ラファイエット夫人「クレーヴの奥方」	Mme DE LA FAYETTE : *La Princesse de Clèves.*
75.	プレヴォー神父「マノン・レスコー」	ABBÉ PREVOST : *Manon Lescaut.*
76.	ラクロ「危険な関係」	LACLOS : *Les Liaisons dangereuses.*
77.	サド「ジュスティーヌ」	SADE : *Justine.*
78.	ルイス「マンク」	LEWIS : *Le Moine.*
79.	マチューリン「放浪者メルモス」	MATURIN : *Melmoth ou l'Homme errant.*
80.	B・コンスタン「アドルフ」	B. CONSTANT : *Adolphe.*
81.	ペトリュス・ボレル「マダム・ピュティファル」	PÉTRUS BOREL : *Madame Putiphar.*

82.	スタンダール「ラミエル」	STENDHAL : *Lamiel.*
83.	バルザック「十三人組物語」	BALZAC : *Histoire des Treize.*
84.	ユイスマンス「世帯」	HUYSMANS : *En ménage.*
85.	ユイスマンス「停泊」	HUYSMANS : *En rade.*
86.	ユイスマンス「彼方」	HUYSMANS : *Là-bas.*
87.	ジャリ「超男性」	JARRY : *Le surmâle.*
88.	バレス「霊感の丘」	BARRÈS : *La Colline inspirée.*
89.	G・デュ・モーリエ「ピーター・イベットソン」	G. DU MAURIER : *Peter Ibbetson.*
90.	トーマス・ハーディ「日蔭者ジュード」	THOMAS HARDY : *Jude l'Obscur.*
91.	クヌート・ハムスン「神秘」	KNUT HAMSUN : *Mystères.*
92.	フランツ・カフカ「変身」	FRANZ KAFKA : *Le Procès.*

*

93.	アイスキュロス	ESCHYLE.
94.	シェイクスピア	SHAKESPEARE.
95.	ジョン・フォード「あわれ彼女は娼婦」	JOHN FORD : *Dommage qu'elle soit une putain.*
96.	C・グラッベ「茶番、風刺、皮肉そして深淵な意味」	C. GRABBE : *Plaisanterie, satire, ironie et signification profonde.*
97.	ジャリ「ユビュ王」	JARRY : *Ubu roi.*
98.	J・M・シング「西の国の伊達男」	J. M. SYNGE : *Le Baladin du Monde occidental.*
99.	ジュリアン・グラック「漁夫王」	JULIEN GRACQ : *Le Roi pêcheur.*
100.	ド・クインシー「阿片服用者の告白」	DE QUINCEY : *Confession d'un Mangeur d'Opium.*
101.	ド・クインシー「殺人の芸術的考察」	DE QUINCEY : *De l'Assassinat considéré comme un des Beaux-Arts.*
102.	イジドール・デュカス「ポエジー」	ISIDORE DUCASSE : *Poèsies.*
103.	ジャリ「昼と夜」	JARRY : *Les Jours et les Nuits.*
104.	ジャリ「ドラゴンヌ」	JARRY : *La Dragonne.*
105.	ジャック・ヴァシェ「戦場からの手紙」	JACQUES VACHÉ : *Lettres de Guerre.*
106.	マルセル・デュシャン「彼女の独身者たちによって裸にされた花嫁、さえも」（このタイトルがつけられた大ガラスに関連する99点のメモ）	MARCEL DUCHAMP : *La Mariée mise à nu par ses Célibataires, même* (les 99 documents relatifs au Verre portant ce titre).
107.	ヘンリー・ミラー「北回帰線」	HENRI MILLER : *Tropique du Cancer.*

108.	レーモン・クノー「文体練習」	RAYMOND QUENEAU : *Exercices de Style*.

*

109.	ボードレール「審美渉猟」	BAUDELAIRE : *Curiosités esthétiques*.
110.	フェネオン「作品集」	FÉNÉON : *Œuvres*.
111.	ジャン・ポーラン「言葉が符号であるなら」	J. PAULHAN : *Si les Mots sont des Signes*.
112.	アントナン・アルトー「ヴァン・ゴッホあるいは社会に自殺させられた者」	A. ARTAUD : *Van Gogh ou le Suicidé de la Société*.

〔訳註〕

2. マルセル・グラネ（1884～1940）、フランスの中国学者。古代中国のスペシャリスト。当作は、1934年発表。
10. ジェームズ・フレイザー（1854～1941）、英国の社会人類学者。当作は、未開社会の神話・呪術・信仰・習慣等に関する集成的研究書。
11. ヘラクレイトス（BC540?～480?）、古代ギリシャの哲学者。「世界は神が創ったものではなく、ロゴス（摂理）によって現れ、変化し続ける」として、生々流転の観点から「光と闇」「昼と夜」「善と悪」「生と死」の区別は人間の主観的解釈に過ぎず、同じ現象だとして、後世、ヘーゲルの弁証法哲学などに大きな影響を与えたと言われている。
12. エンペドクレス（BC480?～430?）、古代ギリシャの自然哲学者、詩人、医者、政治家。「万物は〈地、水、火、風〉の四大元素から成り、その元素は、愛（引力）と憎しみ（斥力）によって結合・分離する」として、後世の思想や科学に大きな影響を与えた。
14. マルキオン（100?～160?）、古代ローマの異端キリスト教徒。グノーシス主義の影響のもと、独自の「聖書正典」を作ったが、教会から異端として排斥された。その思想はマルキオン派と呼ばれ、以後数世紀間、存続した。
15. ヘルメス・トリスメギストス　錬金術師の祖とされる。「ヘルメス文書」の著者とも言われている。
16. アプレイウス（123?～?）、古代ローマの弁論作家。当作は代表作で、ローマ時代の小説中、完全に現存する唯一の作品。メタモルフォーセス（変身譚）の古典。
17. マイスター・エックハルト（1260?～1328?）、中世ドイツの神秘主義者。神性の無を説き、教会から異端宣告され、全著書を発禁とされたが、近代以降の思想家に大きな影響を与えた。
18. パラケルスス（1493～1541）、スイスの医師、化学者、錬金術師、神秘思想家。自然哲学に基づく錬金術理論を探究した伝説的な学者。
19. ハインリヒ・コルネリウス・アグリッパ（1486～1535）、ドイツの魔術師、人文主義者、神学者。カバラ哲学を講じて教会と対立した。
20. 壮麗の書　ユダヤ教神秘思想（カバラ）の中心となる注釈書で、「ゾーハルの書」とも言われる。
21. シラノ・ド・ベルジュラック（1619～55）、フランスの剣豪、作家。死後、忘却されていたが、1897年に上演されたエドモン・ロスタンの戯曲「シラノ・ド・ベルジュラック」で名を知られた。当作はSFの先駆的な作品と言われている。
22. レス枢機卿（1613～1879）、宰相リシリューに危険人物と評された政治家であるが、当作は、回想録として、鋭い性格描写と生彩ある文章で、文学史上に名高い。

25. ゲオルク・クリストフ・リヒテンベルク（1742〜99）、ドイツの科学者。死後に発見されたノートが哲学的考察と痛烈な風刺に優れ、ニーチェやフロイトなどの賞讃するところとなり、今日では、西洋史上、最も有名な格言家とされている。『黒いユーモア選集』所収。

37. アレクサンドル・サン＝ティーヴ・ダルヴェードル（1842〜1909）、フランスの神秘主義者、隠秘学者（オカルティスト）。政治と隠秘学との影響関係を考察し、アナキズムに対応して、独自に理想的な政治形態「シナーキズム：Synarchism」を構想したことで知られる。シナーキズムとは、薔薇十字団やテンプル騎士団のような選ばれた秘密結社が国家を支配する体制のことで、人類統合を成し遂げる施策として提唱された。彼は古代アトランティスの先進文明や地下世界アガルタで、調和のとれた理想的な共同統治が行われていたと主張した。

41. ジャン＝ピエール・ブリッセ（1837〜1919）、フランスの鉄道駅員。当作は、人類の祖先はカエルであり、カエルの鳴き声を研究すれば言語の起源に迫ることができると書いた奇想天外な論文。「黒いユーモア選集」所収。

46. フルカネリ（Fulcanelli）、20世紀フランス最大のヘルメス学者として知られるが、偽名であり、その正体や生没年は不明。「大聖堂の秘密」（1926）と「賢者の住居」（1930）の2著があり、後者は、城館などの住居に見られる錬金術的シンボリズムを研究し、西洋錬金術の原理を述べた書。

47. ハンス・プリンツホルン（1886〜1933）、ドイツの精神科医、芸術史家。1919年にハイデルベルク大学精神病院に勤め、精神病者による5,000点以上の芸術作品をコレクションし、1922年に当作を発表。マックス・エルンストが当作をドイツから持ち込んでブルトンらに紹介し、シュルレアリストに大きな影響を与えたことで知られる。

48. モーリス・セーヴ（1500?〜1564?）、フランス・ルネサンス期におけるリヨン派の代表的な詩人。プラトンやペトラルカに由来する精神的な愛を謳い、当作はその代表的詩集。

60. トリスタン・コルビエール（1845〜75）、ブルターニュの夭折詩人。死後、その詩がヴェルレーヌらによって見出された。『黒いユーモア選集』所収。

65. ジェルマン・ヌーヴォー（1851〜1920）、南仏の象徴派詩人。ロンドンでのランボーとの共同生活でも有名。『黒いユーモア選集』所収。

70. ピエール・ルヴェルディ（1889〜1960）、フランスの詩人。アポリネールらと共に新しい詩の世紀を切りひらき、シュルレアリスムの先駆者とも言われる。

73. マルコム・ド・シャザル（1902〜81）、マダガスカルの詩人。鋭く豊かな感覚と幻想的な詩風。

80. バンジャマン・コンスタン（1767〜1830）、フランスの小説家、思想家、政治家。ロマン派を代表する一人。当作は、フランス心理主義小説の先駆けとして知られる。

89. ジョージ・デュ・モーリエ（1834〜96）、フランス出身の英国の挿絵画家、作家。小説『トリルビー』でも有名。当作は、シュルレアリストが賞讃したハリウッド映画「永遠に愛せよ」の原作。

91. クヌート・ハムスン（1859〜1952）、ノルウェーの小説家。小説『飢え』で有名。当作はブルトンがたびたび引用する幻想的小説。

95. ジョン・フォード（1586〜1639）、シェイクスピアとともに、英国、エリザベス朝期を代表する劇作家。

96. クリスチャン＝ディートリヒ・グラッベ（1801〜36）、ドイツの劇作家。『黒いユーモア選集』所収。

98. ジョン・ミリングトン・シング（1871〜1909）、アイルランドの劇作家。『黒いユーモア選集』所収。

110. フェリックス・フェネオン（1861〜1944）、フランスの美術評論家。スーラをはじめとする印象派による光の捉え方をより理論化しようと試みた一派を「新印象派」と命名したことで有名。象徴派の雑誌「ルヴェ・アンデパンダン」の編集長であり、画商、コレクター、アナーキストでもあった。

§VI
アンドレ・ブルトンが晩年に賞讃・発見した知られざる画家たち
Peintres inconnus, André Breton a été découvert ou a fait l'éloge
dans son plus tard années.

我が国では、いわゆるシュルレアルスムの《英雄時代》、すなわち1930年代半ばまでの初期シュルレアリスムの芸術は幾度も紹介されてきたが、第2次大戦前後以降、幾多の芸術家が、主にアンドレ・ブルトンによって見出され、紹介されてきたにもかかわらず、その半数以上が日本であまり紹介されず、知られていない状況にある。ただし、一方で我が国の仏文学者の先達、澁澤龍彦、生田耕作、巖谷國士ら各諸氏によって、1930年代半ば以降にシュルレアリスムに関係した芸術家たちが我が国に紹介されてきたことも事実である。たとえば、ハンス・ベルメール、レオノール・フィニー、ドロテア・タニング、ジャック・エロルド、トワイヤン、レオノーラ・カリントン、ヴォルフガング・パーレン、ヴィクトル・ブローネル、ジャコメッティ、ウィフレッド・ラム、ロベルト・マッタ、ラウル・ユバック、クルト・セリグマン、スタンリー・ウィリアム・ヘイター、アーシル・ゴーキー、オスカル・ドミンゲス、フリーダ・カーロ、レメディオス・バロ、シモン・ハンタイ、ルフィノ・タマヨ、ゾンネンシュターン、マックス・ワルター・スワンベリ、ピエール・モリニエ、ポール・デルヴォー、クロビス・トルイユ、ボナ・ド・マンディアルグ、ジャン・ブノワなど、こうした一定の知名度があると思われる芸術家は本書から割愛することとした。

　そのことから、本書では、主に5つの視点から、22人の画家を紹介することとした。

1. 第2次大戦中、アメリカや中米でブルトンに出会うなど、シュルレアリスムに共鳴し、影響を受けた者のなかから知名度が低いと思われる画家たち。（これに該当しないアルベルト・マルティーニについては、その実力の割にあまりに知名度が低いので、冒頭に紹介することとした）。

　　■アルベルト・マルティーニ／エンリコ・ドナティ／

　　エウヘニオ・フェルナンデス・グラネル／エステバン・フランセス

2. ブルトンが戦後すぐにアール・ブリュット（生の芸術）の紹介活動に関与し、美術の専門教育を受けていない画家の作品の擁護・蒐集・研究に尽力していたことは、あまり知られていない。ブルトンが断固否定した商業主義から遠く身を置き、画業とは別の職業を持つ、もしくは精神病院に隔離されながら、生の芸術を生み出した画家たちの作品を、アンリ・ルソーに連なる《ナイーブ・アート（素朴派）》とも言うが、そのなかから、

ブルトンが発見、特に称揚した画家たち。

■シャルル・フィリジェ／ジョゼフ・クレパン／エクトル・イポリット／アロイーズ／アンドレ・デモンシー／ミゲル＝ガルシア・ビバンコス／マティヤ・スクリャーニ

3. ブルトンが、主に1950年代、《抒情的抽象画》に着目し、オートマティスムとの関連を見て、その未来に期待し、当時の無名の画家を紹介し続けたなかから、特に称揚した画家たち。このなかには、東洋の禅や水墨画に傾倒した画家も含まれており、唯心論に傾斜していたブルトンの心眼が、近代以前の東洋の精神世界と重なる部分を併せ持っていたと言ってよい。

■ユディト・レーグル／ジャン・ドゴテクス／マルセル・ルブシャンスキー／ルネ・デュヴィリエ／ヤーヌ・ル・トゥームラン

4. ブルトンが最晩年、特にその作品を気に入って紹介し、シュルレアリスム運動に参加、または接近した、当時の若手アーティストたち。

■イヴ・ラロワ／ミミ・パラン／エンリコ・バイ／ホルヘ・カマッチョ／ジャン＝クロード・シルベルマン／コンラート・クラフェック

5. 長命であれば、おそらくブルトンの後継者としてシュルレアリスム運動の牽引者になり得た才能で、戦後シュルレアリスム運動の一時期の中核的人物。

■インドリヒ・ハイズレル

以上、晩年にブルトンが紹介に努めた画家は、この22人の他にも多数存在するが、紙数の都合もあり、ブルトンがその作品を愛蔵するなど、特に称揚した画家を選定したことをお断りしておきたい。そしてまた、この22人のうちのほとんどの画家については、ブルトンが個展カタログ序文を書いており、そのテクストが『シュルレアリスムと絵画』(増補改訂新版：1965年ガリマール社刊) に収録され、我が国でも、宮川淳、巖谷國士ら各諸氏の尽力により翻訳紹介 (1996年人文書院刊) がなされているので、本書のカラー図版と併せて参照されれば、一層の理解が進むことを申し添えておこう。ブルトンが、商業主義とは遠く離れた創作者の純粋な精神性を鋭く看破し、その埋もれた才能を世に出すために、いかに犠牲的努力を払い続けてきたかが痛感されるであろう。

アルベルト・マルティーニ　ALBERTO MARTINI (1876-1954)

イタリア出身の画家。21歳の頃からヴェネチアのビエンナーレに出展するなど、イタリアで活躍していたが、1928年から、34年までパリに滞在、ブルトンやシュルレアリストたちと知り合う。その頃から彼は、《テレプラスティック（遠隔造形）》や《サイコプラスティック（精神心理的造形）》と言われる新しい画法を取り入れ始めた。これは、芸術的な情熱以外の意識を滅却して催眠状態におくことにより、新たに見えてくる深層心理下の画像を描出する画法である。1929年、ブルトンのポートレート（本書の表紙絵）を描いた際、ブルトンからシュルレアリスト・グループに参加するよう誘われたが、独立と孤独を欲する彼は、その誘いを断った。しかし後年も交流は続き、ブルトンは晩年の彼のタブローを愛蔵していたことからもそれは知られる。

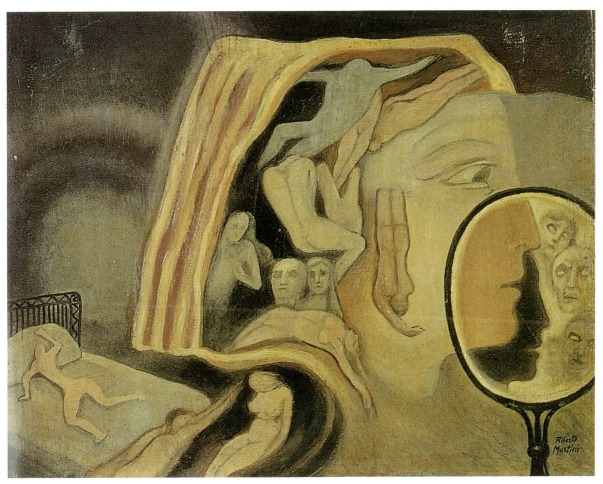

「アフロディテの鏡」1951年

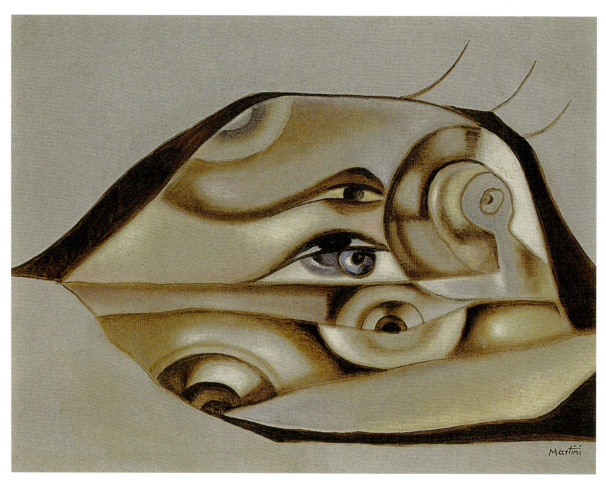

「視線の動き」1932年

ALBERTO MARTINI

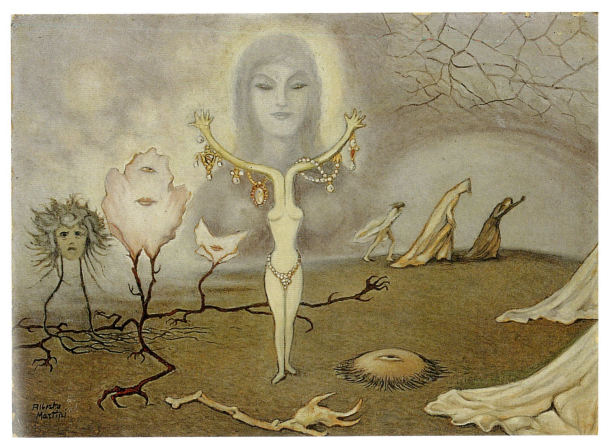

「ウェヌスの随行者」1949年

エンリコ・ドナティ　ENRICO DONATI (1909～2008)

イタリア、ミラノ出身の画家、彫刻家。1934年、アメリカへ移住。42年、ニューヨークでブルトン、デュシャンと出会い、決定的な影響を受け、運動に参加。44年、ニューヨークで個展の際、ブルトンがカタログ序文を書き、紹介に努める。47年、パリで開催された戦後初のシュルレアルスム国際展では、オーガナイザーの一人として活躍。初期のオートマティスムの試みから抒情的な抽象世界へと移行していく画風で知られる。

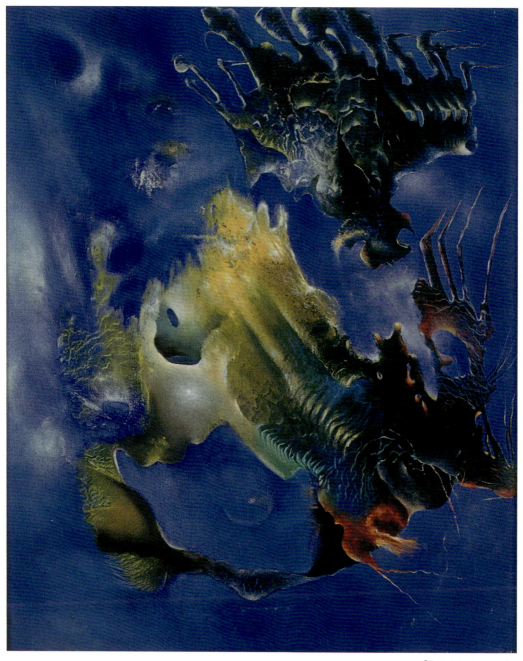

「大ライチョウ」1945年

…(そのタブローが)調和のメッセージであるというのは、常に上昇する方向に働く、類まれな力で送り届けてくるダイナミズムが、なによりも孵化の感覚、種子や卵のそれに似ていそうな一種の孵化の感覚を帯びてゆくからであり、奇蹟的に宙吊りにされている時間が、卵の殻全体にひび割れてゆく残酷で魅惑的な過程のなかで、私たちに、あますところなく、生命の源をあばいてみせるからである。
　私は五月の夜を愛するように、エンリコ・ドナティの絵を好んでいる。
　　　　　　　　　　——1944年1月、ニューヨークにおけるエンリコ・ドナティ展カタログ序文より

「ジョバンニ・ディ・パオロ曰く……」1942年

エウヘニオ・フェルナンデス・グラネル EUGENIO FERNANDEZ GRANELL (1912〜2001)

スペインの画家。最初、革命派の闘士として活躍。1939年、スペイン内乱でフランコ政権勝利後にパリへ亡命、ペレやウィフレッド・ラムと知り合う。40年、ドミニカ共和国へ移住、翌年から初めて絵を描き始め、42年にスペイン現代画家グループ展、43年に個展、ブルトンの目に止まる。以後、プエルトリコやパリでも個展。音楽家、詩人、ジャーナリストとしても活躍し、一時、グアテマラに移住するが、57年から85年までニューヨーク、以後、スペインへ戻り、マドリッドで生涯を閉じた。

「夏の時間」1946年

「風景を作る鳥」1953年

EUGENIO FERNANDEZ GRANELL

「インディオの顔」1944年

エステバン・フランセス　ESTEBAN FRANCÉS (1913〜76)

スペイン、カタルーニャ出身の画家。バルセロナで絵を学び、レメディオス・バロとも親交を結ぶ。1937年、スペイン市民戦争勃発後、パリに亡命、シュルレアリスム運動に参加。1940年、第2次世界大戦によりメキシコへ移住後、42年にニューヨークに永住する。オートマティックな画法やグラッタージュの実験でブルトンの注目をひく。特にタンギーやエルンストと親交が深かった。

「無題」1941年

エステバン・フランセスは、木材の板の上にまったく無造作に色彩を配してから、剃刀の刃で、同じく奔放に引っ掻き傷をほどこす。あとはただ光と影の部分を明瞭に区分けさせるだけだ。ここでは、ある見えない手が彼の手をとって、この混成物に潜在していた大きな幻覚的形象の数々を解き放つ助けをする。彼ははじけるような音を立てる風景を開示し、私たちを三途の川のような金褐色の水をたたえた神秘な川の流れへと導くのだ。

——アンドレ・ブルトン『シュルレアリスム絵画の最近の諸傾向』1939年より

シャルル・フィリジェ CHARLES FILIGER (1863〜1928)

フランスの象徴派画家であり、ゴーギャンを主とするブルターニュの「ポン・タヴェン派」に属する画家。主に1890年代前半に旺盛な創作活動を行ったが、95年にゴーギャンがヨーロッパを離れて以後、徐々にアルコールと薬に溺れ、住まいを転々としつつ貧困と孤独のうちに亡くなった。死後の1949年、ブルトンはその特異な神秘的傾向を持つ作品をポン・タヴェンで発見、数点の作品を購入し賞讃した。

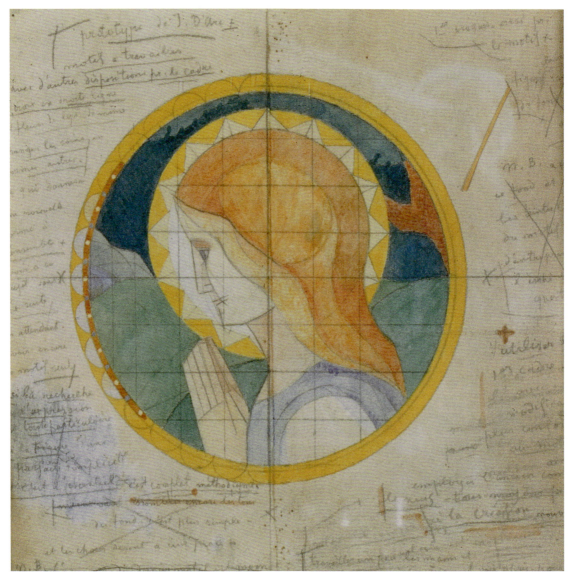

「ジャンヌ・ダルクの原型」年不詳

「色彩符号」1903年頃

…ポン・タヴェン派から頭角をあらわすのは、ジェルマン・ヌーヴォーの『女王への讃歌』と同じ翼によってくまなく支えられているフィリジェの仕事だ…

——アンドレ・ブルトン『象徴主義について』1958年より

「象徴的建築」年不詳

CHARLES FILIGER

「ブルターニュの風景」1890年頃

ジョゼフ・クレパン JOSEPH CREPIN (1875〜1948)

フランスのトタン屋根職人、アール・ブリュットの霊媒画家。1938年のある夜、63歳の時、楽譜を写していると、突如、手がひとりでに動き出し、自分でもよくわからない不思議な画像を描き始め、画家として出発したという。翌年、大戦が勃発した際、「おまえが300枚目の絵を描いた時に戦争が終わるだろう」とのお告げを受け、画業に専念、300枚目を完成した日がドイツの降伏日であったという。太陽を見つめ瞑想することにより、霊的な力が引き出されると信じていた彼の絵は、インド、エジプト風の寺院や偶像を、不可思議な左右対称シンメトリーに描いている。死後、ブルトンが発見し、1954年、「ある霊媒画家、ジョゼフ・クレパン」と題し、その作品と生涯を紹介した。

「寺院」1941年

No.103 1940年

No.50 1939年

ジョゼフ・クレパンの「寺院」は、文字どおり、「内部」と「外部」の区別がなく、屋内と屋外とが密接に絡み合っているという点で、郵便配達夫シュヴァルの「理想の宮殿」と共通している。「後部」とみなされるものと「前部」とみなされるものとが、また「上部」とみなされるものと「下部」とみなされるものとが一体化するまでに通じ合うひとつの空間、何ら影を落とすことのないひとつの空間のなかで、両者は聳え立っている。それらこそが霊媒芸術の最も美しい花飾りのひとつを形づくっているのである。

——アンドレ・ブルトン『ある霊媒画家—ジョゼフ・クレパン』1954年より

No.110　1940年

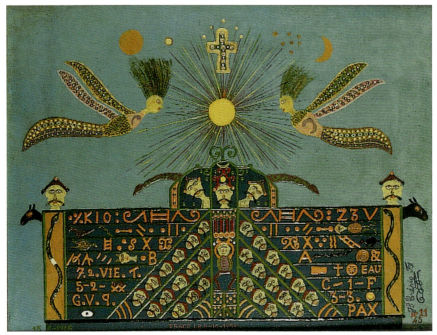

No.11　1946年

64

JOSEPH CREPIN

No.83 1940年

No.88 1940年

エクトル・イポリット　HECTOR HYPPOLITE（1894〜1947）

ハイチの画家。ヴードゥー教の祭祀の家に生まれ、自らも祭祀を務めるかたわら、古代祭儀を素朴かつ魔術的な画法で描く。1945年12月、ハイチのポルトープランスにある「アート・センター」で、ブルトンは数ある作品の中から、無名のイポリットの絵を発見、作品5点を購入し、帰仏後の47年、イポリットを紹介する文章を発表、その原始性、土俗性、聖性をたたえた芸術性の高さを賞讃した。

「女神」1946年

通りすがりに私の足を止めさせたそのタブローは、春の息吹きがいっぱいに広がるように私のところへやってきた。私がその絵のテーマを意識するより先に、それは何か幸福をもたらす純粋な恵みのように私に届いたのだ。そこでは野原での最も美しい日々、最も優しい草の震え、芽を出す苗、きんぽうげ、昆虫たちの翅の豊かな色彩り、蔓草の花たちが打ち鳴らすシンバルの響き、季節の仕業による果物たちの曲芸などがもたらしてくれるものと同等の恵みがあった。

——アンドレ・ブルトン『エクトル・イポリット』1947年より

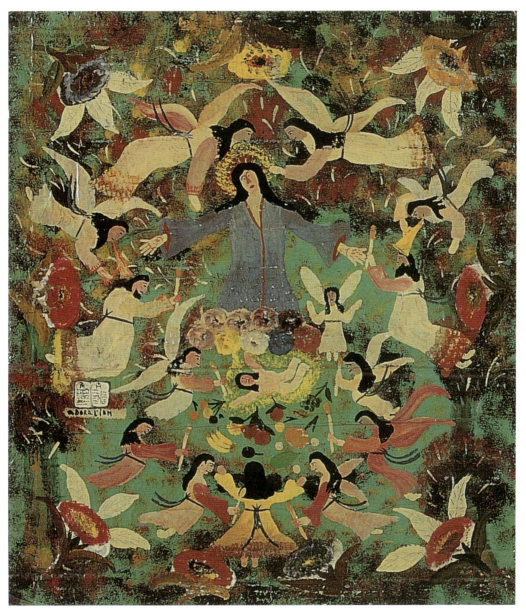

「聖処女崇拝」1945年

イポリットのヴィジョンは、質の高いレアリスムと溢れんばかりの超自然主義とを両立させることに成功している。誰も彼以上に素晴らしく、ハイチの空のある種の苦悶を表すこともできなければ、底なしの葉むらの、かくも混沌とした様子を、緑色と錆色の融合によって暗示することもできないだろう。他方、彼にあっては、視覚から生じるものは、心的な表象から生じるものと区別され得ないものなのだ。
　　　　　　　　　　　　　　――アンドレ・ブルトン『エクトル・イポリット』1947年より

「マリネット」1947年頃

「アダニ師」1945年頃

「夫トラーヴォ」1945年頃

Hector Hyppolite

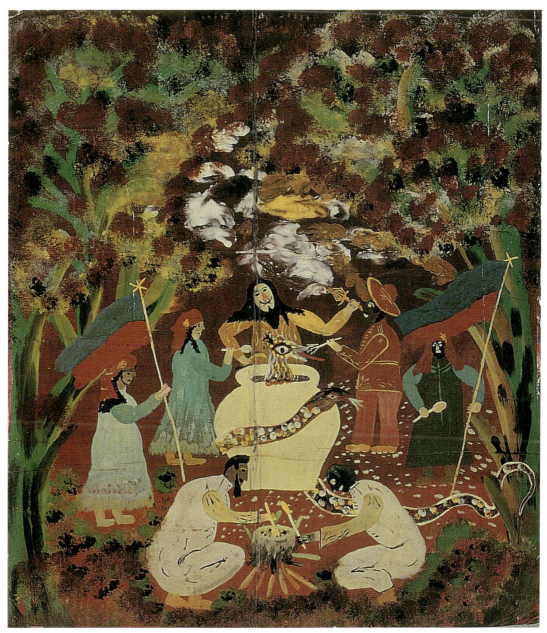

「祭儀」年不詳

アロイーズ ALOYSE (1886〜1964)

スイスの女性狂人画家。1918年にローザンヌの精神病院に収容され、41年頃から絵を始める。鮮烈な色彩で動的な人物像を構成。ブルトンは1947年11月、パリのルネ・ドルーアン画廊で開催された第1回「アール・ブリュット」展覧会で彼女の絵を発見して感嘆し、翌年発表した「狂人の芸術、野の鍵」で、彼女の絵を賞讃、「ローマ教皇風のマントを着たヴィクトリア女王」など2点を手に入れ、死ぬまでアトリエに飾り続けた。

「ローマ教皇風のマントを着たヴィクトリア女王」1948年

「緑色の男に抱かれた女の胸」1917〜24年頃

一見いかにも逆説的に思われるだろうが、精神病者というカテゴリーに入れられている人々の芸術が、心的な健常さの貯水池を形づくっているという考えを、私ははばかることなく主張したい。その芸術は、我々の心を占めている証言をねじ曲げようとするもの、外面的な影響や計算などの領域、社会的な面での成功や失敗などといった効果を遠く離れ去っている。芸術的創造のメカニズムは、ここでは一切のしがらみから解放されているのだ。この驚くべき弁証法的な効果によって、監禁生活や、一切の利益や虚栄の放棄が、個々のかたちとしては悲痛なものを表しているにもかかわらず、ここでは全体的な真実性が保証されている。こうした真実性が他のどこにもない世界に棲む我々は、日一日と変質させられているのである。

——アンドレ・ブルトン『狂人の芸術、野の鍵』1948年より

「馬の鈴草」年不詳

「太陽がスフィンクスに接吻する」1948年頃

「大地への祈り」1945年頃

「トーガ」1945年頃

アンドレ・デモンシー ANDRÉ DEMONCHY（1914〜2003）

フランスの素朴画家、パリ生まれ。第一次世界大戦の戦災孤児となり、1969年までフランス国鉄に勤める。49年12月、パリのベリ画廊で個展を開催した際、ブルトンがカタログに短いオマージュを捧げ、画家としてスタートを切った。

「小さな橋」年不詳

「オセールの大時計」1955年

今度こそ春だ、ここにいるのは生け垣の調律者、並び翔ぶツバメたち、いちごを隠す者――わが友デモンシーだ、洗濯女たちを眼にいっぱいためて。
　　　　　　　　　　　　　　――アンドレ・ブルトン、1949年デモンシー展カタログより

ミゲル＝ガルシア・ビバンコス　MIGEL-GARCIA VIVANCOS（1895〜1972）

スペインの素朴画家。沖仲仕、時計職人、タクシー運転手などをして暮らしていたが、スペイン内乱時に革命派の闘士として活動、脱出後、熱気に満ちた細密な画面を構成し始める。1950年4月14日、旧スペイン共和国宣言の9周年に当たる日に、パリのミラドール画廊で個展を開催、ブルトンがカタログ序文でオマージュを捧げた。

「ルーアン、聖オーエン教会」1953年

「アヴァロン、時計塔」1948年

…ミゲル・ガルシア・ビバンコスの絵画は我々にとって、純真さと力強さが混じり合ったお手本である。その絵にはっきり現れている天賦の才は、人々がただ芸術のなかに見出して気に入るような才能をはるかに超えている。それは最も強烈に生きられた生から出発して、生の再開の最も高い可能性を聖別する才能なのだ。

——アンドレ・ブルトン、1950年ミゲル・ガルシア・ビバンコス展カタログ序文より

マティヤ・スクリャーニ MATIJA SKURJENI (1898〜1990)

クロアチア生まれの素朴画家。大工を父に8人兄弟の一人として育つが、父の仕事中の事故死により、7歳で学業を断念、羊飼いとして働きながら独学。12歳で鉄道敷設工事に従事するが、ほどなく画家見習いとして働く。第1次大戦に従軍するも、負傷して復員、炭坑夫として働くが、画業への思いやみがたく、ザグレブへ出て、《ザグレブ文化教育協会》所属の画家として自立、ユーゴスラビアの鉄道員に従事するかたわら、絵を描く。しかし、彼の絵があまりに原始的だとして、長い間、個展開催に至らなかった。1957年、59歳にして、「ユーゴスラビアの素朴画家たち展」に出品して注目され、徐々に国際的に知られるなか、62年、パリで個展を開催した際、同郷のラドヴァン・イヴシックの紹介でブルトンに出会い、作品を賞讃される。

「古きパリ」1964年

「フラ・フープ」1959年

「子どもたちが求めているので、ベトナムの母親たちが墓場から泣き叫んでいる」1968年

「自然のなかで」1969年

ユディト・レーグル JUDITH REIGL (1923〜)

ハンガリーの女性画家。1946年から48年までイタリアで絵を学び、50年、ハンガリーからパリへ逃れ、シュルレアリスムに大きな影響を受ける。54年5月、同じハンガリーの画家シモン・ハンタイの紹介でブルトンに出会う。ブルトンは個展の開催を彼女に薦め、同年11月、シュルレアリストの画廊「封印された星」で個展を開催、ブルトンがカタログ序文を書いて紹介した。ブルトンが発見した50年代前半は、暴力性を備えた夢幻的でシュルレアリスティックな画風であったが、その後、徐々に抽象的画風に転じた。

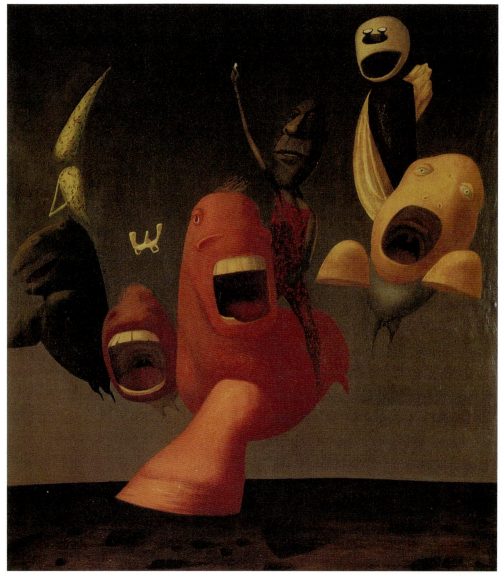

「彼らは無限への飽くなき渇望を持つ」1950年

…彼女の歌う歌は、苦悩にまで高揚する欲望という永遠のテーマを活気づけ、一新させる。それは、虻の針に刺されて苦しむイーオーがプロメテウスに話しかけ、他でもない痙攣と火との対話を繰り広げるという、古代悲劇の頂点に達していたテーマである。また彼女の踊るダンスは、その所作の美しさを形づくり、澄んだリズムのなかで、世にも珍しい燦めきを発する花火や、大きく開かれた腕に包まれるにふさわしい豪奢な抱擁と一体化するのである。

——アンドレ・ブルトン、1954年ユディト・レーグル展カタログ序文より

「空間の粉砕」1954年

ジャン・ドゴテクス JEAN DOGOTTEX (1918〜88)

フランスの画家。独学でオートマティックな画法に到達し、東洋の水墨画や禅の哲学に強く影響される。デュヴィリエと共に抒情的抽象画の騎手として活躍、眩暈をたたえた抽象画面が特長。1953年にブルトンに出会い、55年2月に画廊「封印された星」で開催された個展で、ブルトンがカタログ序文に「雲のなかの剣、ドゴテクス」を発表。

「鵜の血」1955年

…ここには、絵画がやがて避け難く進むであろう姿について、シュルレアリスムの出発時における「自動記述」と直接関連する、私自身の推論を無効とするものは何もないように思う。絵画が求めるメカニックな作業には長い時間を要するという説を引き合いに出して、当時の人々はそんな推論は不可能だと叫んだものである。ドゴテクスの芸術が中国人の気韻（画家の内的な魂の表現であり、画家の筆勢が第一にそれを物語る）及び生動（生命の動き、息吹き）と呼ぶものを同時に再発見していることは、その観点で私の願いを満たしてくれるのだ。
　　　　──アンドレ・ブルトン、1955年ドゴテクス展カタログ序文「雲のなかの剣、ドゴテクス」より

「絵画」年不詳

マルセル・ルブシャンスキー　MARCELLE LOUBCHANSKY（1917〜88）

フランスの女性画家。1955年頃にブルトンに見出されたことが、彼女の画業の出発点となる。色彩豊かな抒情的抽象画が特長。56年2月、パリのクレベール画廊で開催された個展カタログにブルトンが序文を発表。

「切り裂きジャック」1956年　　　　　　　　　　　「虹」1959年

…マルセル・ルブシャンスキーが創造のヴェールを持ち上げると、一陣の爽やかな息吹きが、彼女の作品から立ちのぼって、我々に子ども時代の純粋な視線を取り戻させてくれる。そこでは、北極のオーロラの幻惑が、移ろいやすい色彩りの衣装と結びあわされているのだ。
　　　　　　　　　　　——アンドレ・ブルトン、1956年マルセル・ルブシャンスキー展カタログ序文より

「無題」1966年

ルネ・デュヴィリエ RENE DUVILLIER (1919〜2002)

フランスの画家。1954年頃、ブルターニュに滞在した際、海の光景に開眼、抒情的抽象画を描く。ブルトンは、55年6月、画廊「封印された星」で開催された彼の個展カタログに序文を発表した。

「グウェン・トレーズの海」1955年

「太陽の海の馬」1954年

…デュヴィリエの作品に関して言えば、まずこの上もなく叙情的ということだ。そこでは愛においてと同様、完璧に忘我のエクスタシーに向かって、波や峰をとらえる宇宙の波動が心の動きと一体になっているのだ。
　　　　　　　　　　——アンドレ・ブルトン、1955年ルネ・デュヴィリエ展カタログ序文より

ヤーヌ・ル・トゥームラン　YAHNE LE TOUMELIN（1923〜）

フランスの女性画家。1955年にブルトンに出会い、57年頃まで妖精世界風の幻想画を描き注目を引く。その後、徐々に抽象画へと移行した。57年11月、パリのオルセー画廊で開催された個展カタログにブルトンが序文を発表。

「最後の朝」1955年頃

…彼女の作品を知って感謝する最大の点は、次のような本質的真理のただなかに私たちを再び導いてくれたことだ。すなわち、ある作品の成功は、それを創った者の（叡智への最高度の緊張段階にあって均衡を保っていることを前提とする）内的状態いかんにかかっている、ということである。

　　　　　　　——アンドレ・ブルトン、1957年ヤーヌ・ル・トゥームラン展カタログ序文より

イヴ・ラロワ YVES LALOY (1920〜99)

ブルターニュのレンヌ出身の画家。最初、建築家として出発したが、1950年代から絵を描き始める。幾何学と幻想的具象が混じる画面に、カバラ哲学風のアナロジーがたたえられていることから、ブルトンの見出すところとなる。1958年10月、パリで開催された個展に、ブルトンは同郷の若き画家へカタログ序文にオマージュを捧げた。さらに65年『シュルレアリスムと絵画』増補版が刊行された際、その表紙に彼の絵が飾られるなどブルトンが愛した。

「エンドウ豆は緑色…、小さな金魚…」1965年
(『シュルレアリスムと絵画』増補改訂新版1965年刊の表紙画)

まず何よりも、これまで誰一人として、彼ほど眼の力の両義性を眼で楽しませ、そしてまた私たちにも楽しませるように仕向けてきた画家はいないのだ。……眼のあらゆる可能性への呼びかけと結びつくことによって、再び充溢が見出されるためには、芸術家にとって、イヴ・ラロワの崇拝しているアビラのテレジアの場合のような、想像的かつ感覚的なヴィジョンの世俗的な等価物が必要である。

たとえばカンディンスキーのコンポジションが交響曲的な渇望を満たすことに応えているのに対し、ナバホの砂絵はまず何よりも宇宙進化論的な関心をもって、神の哀れみを乞うような手法で、宇宙の運行に作用を及ぼそうとしている。イヴ・ラロワの作品の特質は、まったく異なったこれら二つの歩みを統合している点にある。

———アンドレ・ブルトン、1958年イヴ・ラロワ展カタログ序文より

「悪は我が唯一の善」1957年

「無題」1958年頃

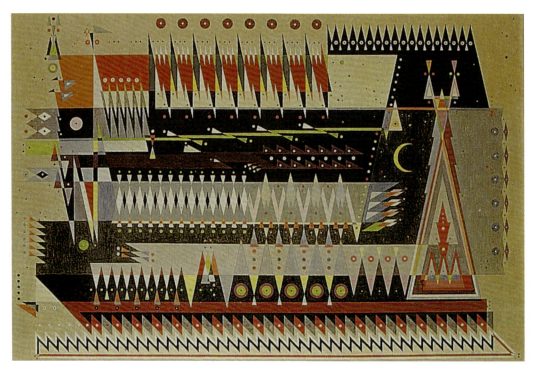

「無題」1958年頃

YVES LALOY

「無題」1958年頃

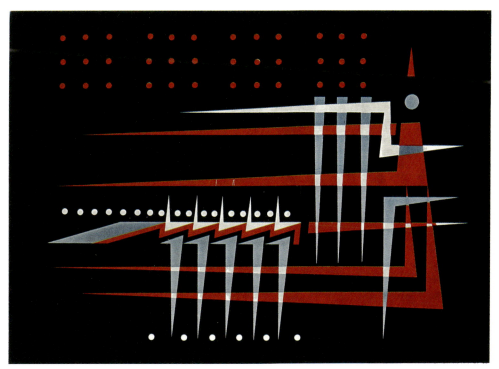

「無題」1972年頃

ミミ・パラン MIMI PARENT（1924～2005）

カナダのモントリオール出身の画家、クリエーター。戦後、夫のジャン・ブノワと共に来仏、シュルレアリスム運動に参加し、1959年からすべての活動に関わった。オブジェ「警報函」がシュルレアリスム国際展「エロス」展別冊カタログの表紙を飾った他、多様な素材で詩的オブジェや絵画を創造。2005年に死去した際、彼女の遺骸の灰は、夫のジャン・ブノワによって、サドのラコストの城に撒かれた。

「私はショックのなかに住む」1955年

ミミのあざみの眼のなかで、真夜中にアルミードの庭が輝く。　——アンドレ・ブルトン

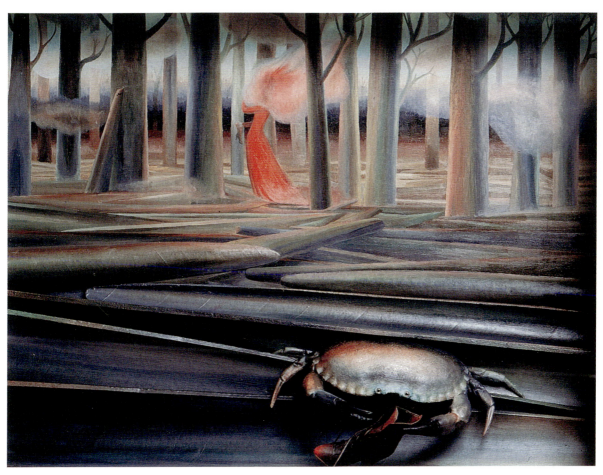

「レイブ」年不詳

エンリコ・バイ ENRICO BAJ (1924〜2003)

イタリアの画家。オートマティスムを取り入れ、コラージュを用いた諷刺的でユーモラスな人物像を描く。1962年にブルトンと出会い、63年7月、「ルイユ」誌にブルトンはオマージュを発表、彼の不思議な絵画世界に、ルキアノス、シラノ・ド・ベルジュラック、スウィフト、フーリエ、ジャリ、ペレの世界を重ねている。ブルトンのオマージュは、64年、エンリコ・バイとバンジャマン・ペレによる詩画集『貴婦人たちと将軍たち』の序文に再録された。

「スイスの超体修正」1956年

　今日、明らかに我々が最もひどく傷つけられているのは、我々がかつてそうであった子どもの身においてである。子どもが今日、その生活においてのみならず、またその本質においても脅かされていること、これこそ、スキャンダル中の最たるものであって、バイはそのことにいたく心を動かされるあまり、これを公然と非難せずにはいられなかった。……抗議は子どもそのものの心から響くのであり、その子どもの心に仕えて──それによって避け難い突然変異が果たされるのだが──バイは最も完璧な諷刺さのなかにまで、彼の他には為し得ない色彩の調和の感覚をもたらしているのだ。

　　　　　　　　　　　　　──1963年、アンドレ・ブルトン「エンリコ・バイ」より

「ポートレート」1963年

「超肉体」1958年

ホルヘ・カマッチョ　JORGE CAMACHO (1934〜2011)

キューバのハバナ出身の画家。少年時代にクレー、ミロ、タンギー、キリコの絵を知り、18歳から画家を志す。ラムやルフィノ・タマヨの絵に大きな影響を受け、ハバナで2回個展を開催後、1959年、パリへ出、61年にブルトンと出会い、グループに参加。62年10月、《オスカル・パニッツァへのオマージュ》と題して、神への反逆をテーマとした個展を開催。64年5月の個展で、ブルトンはカタログ序文で「カマッチョの立ち向かう熱帯林」と題してオマージュを発表。サドやバタイユ、レーモン・ルーセルの小説、オカルティズムにも影響を受け、土俗性、エロティスム、暴力性の入り混じるオートマティックな具象画を描く。

「頭を失った枢機卿」1961年

「自画像」1976年

Jorge Camacho

「夜の女」1964年

…彼は今日、最高に優れた罠を仕掛ける者あり、そこから必然的にあちこちで血が流れ出るが、それは彼の残忍さというより、はるかに他の人々の残忍さを証拠立てている。……蝙蝠の膜状の翼がレーダーの助けによって描き出すものと似ていなくもない、まったく独自の空間をホルヘ・カマッチョが自家薬籠中のものとする術は心憎いほどである。……我々を最高潮に魅了するために、彼は沈んだトーンの無際限な音階をほしいままにし、北極光が我々の朝に射し込むがごとく、絢爛豪華な音階が黄昏のなかで繰り広げられているのだ。
　　　――アンドレ・ブルトン、1964年4月1日、カタログ序文「カマッチョの立ち向かう熱帯林」より

「H氏の二重の出現」1964年

シュルレアリスム絵画は「美しい絵画を気にかけることはほとんどなく」、また事実、「驚くべき並置をやり遂げながらも、極めて日常的な対象やその断片しか描き出さないという意味で、それは極度に写実主義的である」(ナタニエル・タルン「ポップ・カルチャーの解剖」、『レットル・ヌーヴェル』誌、1964年4〜5月号より)と言うような断言を、今日、カマッチョほど見事にひっくり返す者はいない。

　　　——アンドレ・ブルトン、1964年4月12日、カタログ序文「カマッチョの立ち向かう熱帯林」より

「プロソリス」1972年

JORGE CAMACHO

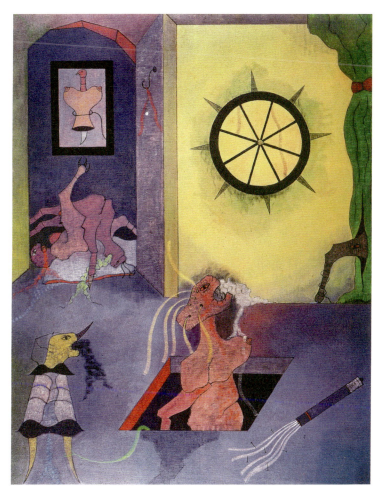

「罪による罪」1972年

「隠者」1972年

ジャン=クロード・シルベルマン JEAN-CLAUDE SILBERMANN (1935〜)

フランスの作家にして画家。1958年から69年の運動の解体までシュルレアリスム運動に参加、機関誌『ビエフ』の編集に携わる。62年から現代社会への風刺を盛り込んだ《看板》オブジェ作品群を制作し始め、64年11月〜12月、パリのモナ・リザ画廊で「シルベルマン、陰険な看板」展を開催、カタログ序文で、ブルトンが、作品へのオマージュとともに、現代社会を告発するエッセイ「この代価を払えばこそ」を発表。

「未婚夫人の快楽」1964年

「見者」1961年

「大きな雄猫、忌まわしい王子」1964年

コンラート・クラフェック　KONRAD KLAPHECK (1935〜)

ドイツのデュッセルドルフ出身の画家、グラフィックアーティスト。現代的な器械をハイパーリアリズムで皮肉を込めて描くことで有名。1961年にブルトンと出会い、1965年2月、パリで個展を開催した際、カタログ序文でブルトンがオマージュを書く。ポップアートを商業的隷属下にあると批判していたブルトンは、彼のポップアートぎりぎりの作風に、技術文明の利器や商業主義への皮肉を読み取っている。

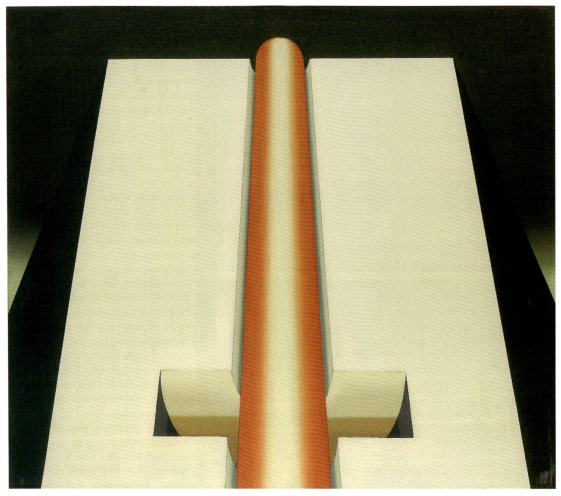

「欲望の充足」1963年

…まさしくこの「強いアナロジー」の核心に、コンラート・クラフェックは光沢のあるシャトルを置く。彼が描く道具類は我々の最も身近に付随する用具のなかから選ばれているが、彼の意図はその特定の用途を無視して、壮麗化されたイメージを押し出そうとするところにある。…このように、内的生命の根源から発する光線の優美さによって、美しい曲線の愛撫と交錯する鮮烈な稜線が衝突するが、ここから、クラフェックは、照応（コレスポンダンス）の道をへて、徐々にもうひとつの段階にまで自分を高めてゆくのだ……。
　　　　　——アンドレ・ブルトン、1965年2月7日、コンラート・クラフェック展カタログ序文より

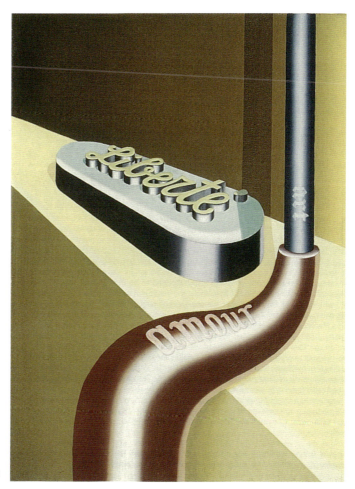

「自由、愛、芸術」1964年

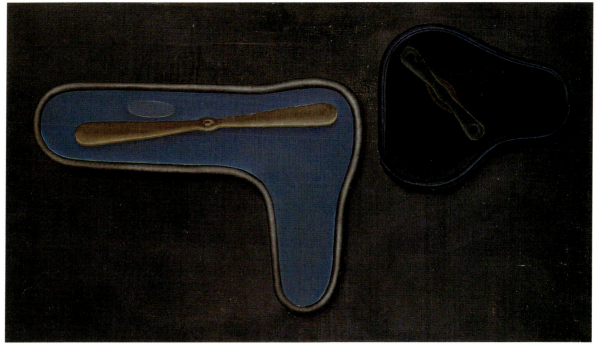

「自信」1960年

105

インドリヒ・ハイズレル　JINDRICH HEISLER（1914〜53）

チェコの詩人、各種クリエーター。トワイヤン、シュティルスキーと並ぶチェコの代表的シュルレアリスト。詩人として出発し、1938年にプラハのシュルレアルスム運動に加わる。大戦中の地下生活を経、47年、プラハの共産党クーデターの直前に、トワイヤンと共にパリに亡命し、運動に参加、シュルレアルスム機関誌「ネオン」の主要編集者として活躍。ブルトンが最も期待した才能だったが、38歳という若さで死去。傑出した多くのコラージュ、オブジェ、フォトモンタージュを創造、特に彼が編み出したフォトグラヴュール（photogravure）や、リーヴル＝オブジェ（livre-objets）の領域で豊かな独創性を発揮、ブルトンはその死を惜しみ、全面的にシュルレアルスムのために生きた人物として満腔のオマージュを捧げた。

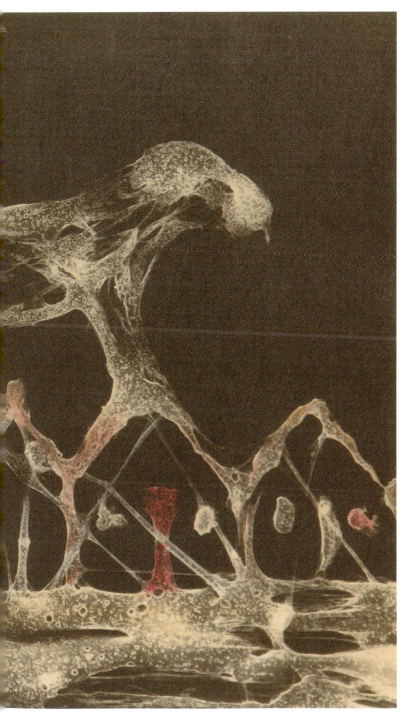

「同種のシリーズ」1944年

JINDRICH HEISLER

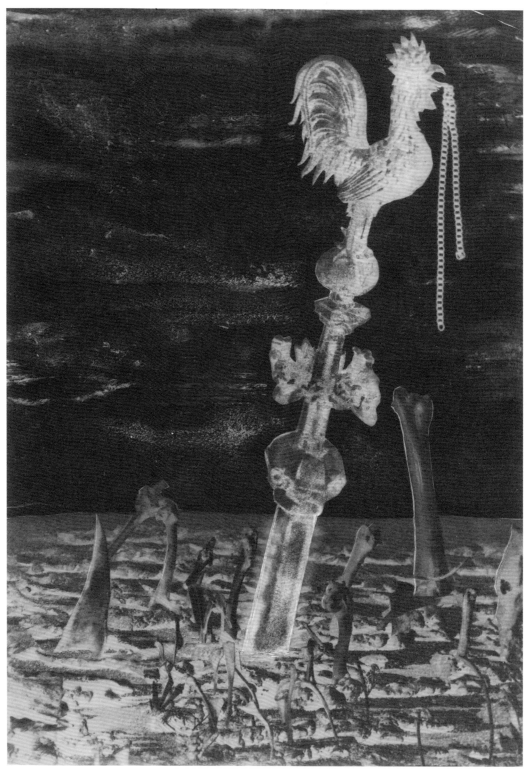

「無題」1944 年

…インドリヒ・ハイズレル、この天賦の才を持った偉大なる創造者は、あたかも魔術を最大限に具現する力をもたらしていた。
　　　　　　　　　　　　　　　　　　　　　　　　　　　　　　──アンドレ・ブルトン

「同種のシリーズ」1943 年

「無題」1944年

JINDRICH HEISLER

「肋木」1944年

§ VII
アンドレ・ブルトン詳細年譜
André Breton, Chronologie 1896-1966
Je cherche l'or du temps

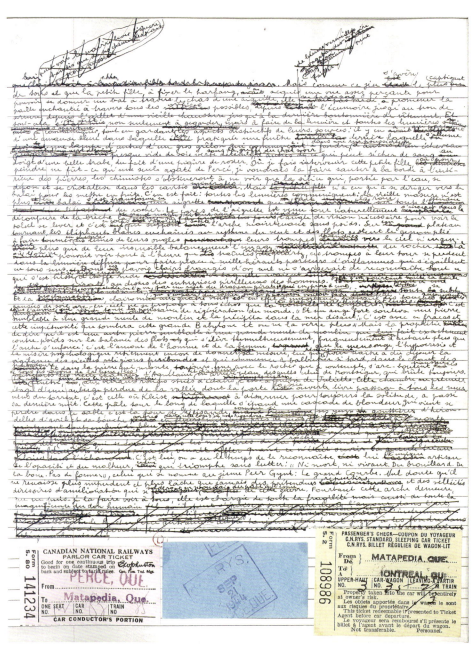

『秘法十七』自筆原稿（初稿）

1896.2.19

アンドレ・ブルトン、ブルターニュ地方オルヌ県タンシュブレーに生まれる。

1900（4歳）

父のルイ・ブルトンがクリスタル・ガラス工場の事務職で勤務するため、パリ郊外の労働者居住地区であるパンタンに移住。

1902（6歳）

パンタンの公立小学校に通う。

1907（11歳）

コレージュ・シャプタル校入学。同級にテオドール・フランケル。

1910（14歳）

夏の1ヶ月間、ドイツのシュヴァルツヴァルトで学ぶ。

1912（16歳）

ルネ・ドブランの筆名で、最初の詩を校内誌に発表。

1913（17歳）

6月30日：バカロレアに合格、パリ大学医学部進学課程に登録。
哲学級に在籍するかたわら、造形芸術に興味を持ち始め、各種の美術館や画廊、展覧会、特にバーンハイム画廊に足繁く通う。ギュスターブ・モロー、ボナール、ヴュイヤール、K・X・ルーセル、シニャックや、未開芸術（バカロレアに合格して受け取ったお金でイースター島のオブジェを購入、彼の最初の蒐集物となった）に魅かれる。ボードレール、ヴァレリー、マラルメ、ユイスマンスを耽読。

1914（18歳）

3月15日：ポール・ヴァレリーの自宅を初めて訪問、1922年まで定期的に通う。
『ファランジュ』誌に、アンドレ・ブルトン名による詩3篇を発表、うち1篇はヴァレリーに捧げられたソネット。母方の故郷、ブルターニュのロリアンに逗留中、ランボー（地獄の季節）を発見、圧倒される。
10月：アポリネール編集の『ソワレ・ド・パリ』誌を定期的に購読しはじめる。各刊が彼の嗜好に大きな影響を与える（1月刊第20号「税関吏ルソー」、2月刊第21号「ドラン」、3月刊第22号「ピカビア」、4月刊第23号「ブラック」、5月刊第24号「マティス」）。

1915（19歳）

2月26日：動員、第17砲兵連隊に軍看護師として配属。
4月12日〜6月29日：ポンティヴィで軍事教練。
7月初め：ナントの衛生隊に転属。従妹でマノンと呼ばれたマドレーヌ・ルグーゲスの一家がナントに移住。彼女との束の間の恋と一夜。
12月：アポリネールとの文通が始まる。

1916（20歳）

2月末：ナントの病院で療養中のジャック・ヴァシェと知り合う。決定的な出会い。
5月10日：休暇を利用してパリに行き、アポリネールを訪問。それは彼が開頭手術を受けた翌日だった。
7月26日：東部戦線に近いサン・ディジエの精神医学センターに転属。ラウール・ルロワ博士の助手となり、11月中旬まで滞在。「このセンターで過ごした日々と、そこで起こったことに払った不断の注意は、私の人生にとって極めて重大な意味を持ち、おそらく私の思考

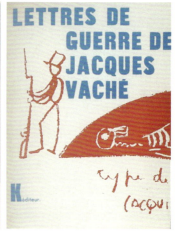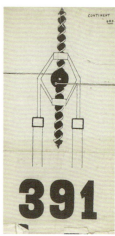

の展開に決定的影響をもたらしたのです。まさしくそこで、私は患者たちに精神分析の調査方法を試すこと、とりわけ、解釈を目的として、夢と無制御な観念の連鎖を記録することができたのです。すでにお気づきでしょうが、こうした夢や観念の連鎖は、シュルレアリスムの出発時におけるすべての素材を構成しているのです」（「アンドレ・パリノーとのラジオ対談」より）。
12月：担架兵として、前線（ムーズ川防衛線）に送り込まれる。

1917（21歳）

1月8日：パリの衛生隊第22部に転属。
1月末：ピティエ神経医学センターのインターンとして、バビンスキー教授の医局付きとなる。アポリネール、ヴァレリー、ロワイエールと頻繁に会う。ピエール・ルヴェルディとの文通が始まる。
7月24日：アポリネールの紹介で、フィリップ・スーポーと出会う。
9月1日：ヴァル・ド・グラース病院にインターンとして復帰。この頃、アドリエンヌ・モニエの書店「本の友の家」で見かけたアラゴンが同じ病院の寄宿舎にいることを知り、すぐに友人となる。アラゴン、スーポーと共に現代画家論の執筆を企画（実現しなかった）。

1918（22歳）

1月：『エクリ・ヌーヴォー』誌第13号に評伝風の作家論「アルフレッド・ジャリ」を発表。
3月～4月：サン＝ジェルマン202番地のアポリネール宅を頻繁に訪問。「本棚の間に数々のアフリカの彫像、ピカソやキリコ、ラリオノフの絵が並んでいた…」。ここで『ダダ』誌と『キャバレー・ヴォルテール』誌を初めて読む。
9月12日：アラゴンへの手紙に《私の好きな連中のリスト》を記す。「ランボー、ドラン、ロートレアモン、ルヴェルディ、ブラック、アラゴン、ピカソ、ヴァシェ、マティス、ジャリ、マリー・ローランサン」。この頃、モディアーニの絵を購入。
9月20日：パンテオン広場9番地のホテル・グラン・ゾムに寄宿。1階が葬儀屋で、貧乏学生が寄宿する狭苦しい部屋。
10月15日：アポリネールの希望に応じて『エヴァンタイユ』誌第10号に評論「ギョーム・アポリネール」を発表。
11月1日：ピカソを訪問。**11月9日**：アポリネール、スペイン風邪をこじらせて急死（38歳）。

1919（23歳）

1月6日：ナントのホテル・ド・フランスで、ジャック・ヴァシェ自殺（23歳）。
1月22日：トリスタン・ツァラに初めて手紙を書く。
3月8日：ジャン・ポーランの紹介により、ホテル・グラン・ゾムで、ポール・エリュアールに初めて会う。
3月19日：アラゴン、スーポーと三人で『リテラチュール』誌を創刊。
3月～4月：国立図書館で、イジドール・デュカスの『ポエジー』をすべて筆写し、『リテラチュール』誌に発表。
5月～6月：スーポーと最初の自動記述の実験「磁場」の試み（刊行は1920年）。
6月10日：パリのオー・サン・パレイユ社より処女詩集『慈悲の山』出版。ドランのデッサン2葉入り。
7月：医師補免許取得。この頃、ホテル・グラン・ゾムにバンジャマン・ペレが母と訪問、初めて出会う。
8月：ジャック・ヴァシェ『戦場からの手紙』の序文を書き、オー・サン・パレイユ社から刊行。
9月：ジョルジーナ・デュブルイユとの波瀾含みの恋愛。半年後、彼女の嫉妬により終止符。
11月：マルセル・デュシャンの作品を紹介したフランシス・ピカビアの雑誌『391』が刊行される。
12月11日：ピカビアへの最初の手紙を書き、『リテラチュール』誌への協力を依頼する。

1920（24歳）

1月：『リテラチュール』誌第11号に、美しいオマージュ「ジョルジオ・デ・キリコ」を発表。

（1922年3月21日から4月1日まで開催されたキリコ展の序文に使われた）。
1月4日：ピカビアへの最初の訪問。終生にわたる友情と尊敬の始まり。
（ホテル・グラン・ゾムのブルトンの部屋には、ドラン2点、マリー・ローランサン3点、モリディアーニ1点が飾られていたが、恋人ジョルジーナ・デュブルイユと破局を迎えた際、彼女によって焼かれてしまった）。
1月17日：ツァラのパリ到着とともに、パリのダダ運動に参加。**同23日**：「文学の最初の金曜日」で第1回パリ・ダダ示威運動。**2月5日**：サロン・デ・ザンデパンダンで第2回示威運動に参加し「二つのダダ宣言」を書く。
3月：医学の勉強を決定的に放棄。父母の叱責と仕送りの中止による生活難。ヴァレリーの世話で、ガリマール書店の仕事を手伝う（4月から7月までマルセル・プルーストの『ゲルマントの方へ』の校正係として病床のプルースト宅をたびたび訪問）。
4月：マックス・エルンストとの文通開始。
5月：『リテラチュール』特集「23のダダ宣言」、カヴォー・ホールでフェスティバル・ダダ開催。
5月30日：オー・サン・パレ・イユ社から、ピカビアによるブルトンとスーポーの肖像画入り『磁場』が刊行。
6月：『NRF』誌に、最初のロートレアモン論「マルドロールの歌」を発表。
6月末：テオドール・フランケルのフィアンセの友人、シモーヌ・カーン（23歳）とリュクサンブール公園で出会う。シモーヌは、アドリエンヌ・モニエの書店の常連で、『リテラチュール』誌の予約購読者だった。彼女の6歳下の妹、ドゥニーズは、後年、レーモン・クノーの妻となる。
7月：単調な校正係の仕事に耐えられずガリマール書店をやめる。収入の道が絶たれ、故郷のロリアンに戻るが、ここでもまた父母から医学の勉強の再開を要請される。
8月1日：『NRF』誌に、ダダ論「ダダのために」を発表。
9月：『NRF』誌に、アロイジウス・ベルトラン著の書評「夜のガスパール」を発表。
10月：パリに戻り、スーポーの家に寄宿。のち現代絵画のコレクターで資産家のタシャール夫人に文学の個人教授をして生活費を得、モンパルナス付近のドランブル通り15番地に住む。この頃、シモーヌの紹介により、カフェ・セルタで、ジャック・リゴーと出会う。ピカビアの紹介で、バンジャマン・ペレがダダ運動に参入、以後、不滅の友情で結ばれる。
11月7日：ドランのアトリエでの対話を記録した記事「画家の発想」を書く（『リテラチュール』21年3月号に発表）。ドランの小さな油絵を買って、婚約の記念にシモーヌに贈る。
12月：服飾業者で現代絵画のコレクター、ジャック・ドゥーセの相談役に雇われ、毎週報酬付きの手紙で同時代の知的活動について報告。この収入により、パリでの生活が可能となった。

1921（25歳）

4月14日：「ダダの大いなる季節」、サン・ジュリアン・ル・ポーブル教会でダダの集会。
5月3日～6月3日：オー・サン・パレイユ書店の画廊で、マックス・エルンストの展覧会開催。カタログ序文を発表。
5月13日：ソシエテ・サヴァント会館で「ダダによるモーリス・バレスの告発と審判」を開催、裁判長役を務めるも、ツァラと対立。この頃から、ダダとの訣別を準備。
6月：ジャック・ドゥーセの図書室の芸術顧問兼秘書（美術アドバイザー）となる。
6月21日：パリに来訪したマルセル・デュシャンと知り合う。終生にわたる友情の始まり。
7月14日：画商カーンワイラーの競売で、ピカソの小さなパピエ・コレ「頭」を購入。同日、デュシャンの手引きで、マン・レイがパリ来訪、カフェ・セルタで知り合う。
9月15日：パリ17区の区役所で、シモーヌ・カーンと結婚。新郎側の立会人にポール・ヴァレリー。チロル地方へ新婚旅行、エルンスト、ツァラ、アルプの歓待。エリュアールとガラのカップルが合流。
10月10日：ウィーンのフロイトを訪問。
11月17日：カーンワイラーの2度目の競売で、ドラン、ブラック、ピカソなどを購入。

12月3日：ジャック・ドゥーセに、ほぼ無名のピカソの「アヴィニョンの娘たち」、ドランの「土曜日」「騎士X」の購入を勧める。
12月3日～31日：フィリップ・スーポーの画廊「LIBRAIRIE6」で、マン・レイのパリ最初の個展開催。

1922（26歳）

1月1日：ジャック・リゴーの紹介で、彼の兄の旧居であるフォンテーヌ通り42番地に、シモーヌと共に転居。以後の生涯44年間、居住。
2月～3月：アヴァンギャルドの結集を目指す「綱領決定と現代精神擁護のための会議」（パリ会議）を企画するが挫折し、パリ・ダダと絶縁。
3月1日：第2次『リテラチュール』創刊号を刊行、ブルトンとスーポーの共同編集。「アンドレ・ジード、彼の選文集についてわれわれに語る」を発表、ジードの大家然としてきた様子を伝える。さらに前年10月に訪問したフロイト会見記「フロイト教授インタビュー」、街路での客観的偶然を語った「エスプリ・ヌーヴォー」を発表。
3月2日：『コメディア』誌に、ダダと絶縁して孤立したブルトンが応戦の意図で「ダダ以後」を発表。
4月1日：『リテラチュール』第2号に、《ダダを捨てよ》のフレーズでダダとの訣別を宣言した「すべてを捨てよ」を発表。
7月4日：カーンワイラーの3度目の競売で、ブラック3点、レジェ1点を購入。
9月：『リテラチュール』第4号（同号以降、ブルトン単独編集）に、文学や詩の概念を確認し、シュルレアルスムの到来を予告するエッセイ「はっきりと」を発表。
9月25日：催眠実験を開始。初回はペレ、デスノス、クレヴェルらが参加。11月まで続行される。（この頃からシュルレアリスト・グループが形成される）。
10月：『リテラチュール』第5号に、デュシャンについて初めて書いた奥深い試論「マルセル・デュシャン」を発表。
10月30日：ピカビアとその愛人のジェルメーヌ、シモーヌと共にバルセロナへ旅行。その地のダルマウ画廊でピカビアの大規模な個展（11月18日～12月8日）が開催され、カタログ序文「フランシス・ピカビア」を発表。
11月17日：バルセロナのアテネオ・ホールで「近代の発展とそれを分かつ者の性格」と題する講演を行う。
11月：『リテラチュール』第6号に、催眠実験の貴重なドキュメント「霊媒の登場」を発表。
12月：アントワーヌ座でのレーモン・ルーセル作『ロクス・ソルス』の上演がスキャンダルとなり、ブルトンらはルーセルへの賛辞をまくしたてて観客に抗議。**同月**：『リテラチュール』第7号に、デスノスとデュシャンの《言葉遊び》に触発された詩的言語論「皺のない言葉」を発表。

1923（27歳）

2月：ジャック・ドゥーセに、エルンストの作品を買うよう主張。**同月**：『ラ・ヴィ・モデルヌ』誌に、ジャック・ヴァシェの回想等を綴ったエッセイ「侮蔑的告白」を発表。
2月15日：『リテラチュール』第9号巻頭にブルトン所蔵のランボーの未発表詩篇を掲載。
7月6日：テアトル・ミッシェルでダダの企画「髭の生えた心臓の夕べ」を妨害、ツァラが警察を呼び、ブルトン、ペレ、デスノス、エリュアールを排除。ブルトンは、ピカソやデュシャンを揶揄したピエール・ド・マッソにステッキの一撃をお見舞いし、コクトーと同列に自分の名が並べられていることに激怒したエリュアールが大混乱を引き起こす。パリ・ダダは壊滅する。
8月：シモーヌとロリアンへ帰郷。ブルターニュの老詩人サン＝ポル・ルーを訪問。
9月：ジャック・ドゥーセに、デュシャンのことを「あらゆる対価を払ってコレクションに加えるべき唯一の画家」とアドバイス。
11月15日：詩集『地の光』を自費出版。1920～23年に書いた詩篇を掲載、サン＝ポル・ルーへの献辞、ピカソによるブルトンのポートレート入り。

1924（28歳）

2月5日：ガリマール書店から、これまでのエッセイや評論を集成した『失われた足跡』を刊行。
3月：エリュアールが突如失踪、行方不明となり、ブルトンは大いに心配する。実は世界一周旅行に出、半年後に帰国。
4月：フォンテーヌ通りの自宅で、仲間と新聞記事の見出しを切り抜いて、様々な活字で思いがけない詩を作るゲームを見出す。この一部は『溶ける魚』に収録された。
5月：アラゴン、モリーズ、ヴィトラックと共に、精神の道筋を現実の街路と組み合わせる冒険の旅に出る。地図からたまたま選んだブロワを拠点に、不意の方向転換を繰り返す10日間。
6月：アラゴン、スーポーと共にシュルレアリスムという語の使用に関する権利を主張し、8ヶ月の沈黙を破って発行された『リテラチュール』第13号（最終号）を「風俗壊乱号」と題して世間を挑発。
9月初め：カフェ・シラノにアントナン・アルトーが現れ、グループに参加。
9月末：シモン画廊で開かれていたアンドレ・マッソンの最初の個展で『四大元素』を購入、ブロメ通りのマッソンのアトリエを訪問、ニーチェとドストエフスキー以外はすべての点で意気投合する。
10月11日：ピエール・ナヴィルの父親から提供された、グルネル通り15番地のベリュル邸の一室に「シュルレアリスム研究所」を開設。
10月15日：『シュルレアリスム宣言・溶ける魚』をサジテール書店から出版。
10月18日：アラゴン、スーポーと共に、アナトール・フランスの死に際して故人を非難するパンフレット「死骸」を発表。ブルトンは「埋葬拒否」という一文を寄せ、ロチ、バレス、フランス、すなわち「低能、売国奴、ポリ公」が同じ年に亡くなったことを喜ぶ。ただちに文壇から抗議の声が上がり、ジャック・ドゥーセはやむなくブルトンとアラゴンに解雇通告（実際は年末まで勤務）。
12月：ピエール・ナヴィルとバンジャマン・ペレ編集による機関誌『シュルレアリスム革命』創刊。この頃、「シュルレアリスム研究所」にオールド・イングランドの経営者と離婚した貴婦人リーズ・メイエ（リーズ・ドゥアルム：26歳）が来訪、ただちに恋情を覚えるが、以後、この片恋に苦悩することになる。

1925（29歳）

2月：前年9月から執筆していた「現実僅少論序説」を『コメルス』誌に発表。
2月11日：『シュルレアリスム革命』第2号刊行。アルトーとレーリスの寄稿を除けば読むに値するものがなく、ナヴィルの編集に不満を覚える。
4月20日：『シュルレアリスム革命』第3号の刊行と同時に「シュルレアリスム研究所」の無益さを感じ、閉鎖。
5月1日：カフェ・シラノの集会で、機関誌『シュルレアリスム革命』の編集長にブルトンが就任することに決定。
7月2日：ラ・クローズリ・デ・リラでサン＝ポル・ルーの祝賀会が開催、「ポール・クローデルへの公開質問状」を配布し、スキャンダルに発展、警察が介入する。モロッコ植民地戦争反対の運動に参加。
7月15日：ブルトン編集の『シュルレアリスム革命』第4号を刊行。「シュルレアリスムと絵画」に関する重要な文章を発表し、《目は未開の状態で存在する》という言葉を掲載。さらにピカソの「アヴィニョンの娘たち」を他誌に先駆けて図版を掲載。
8月：トロツキー著『レーニン』を読み、秋から翌年にかけて、共産党の文化雑誌『クラルテ』グループとの合同を企て『内乱』誌の発行を模索するが、結局失敗に終わる。
11月13日：ピエール画廊で最初の「シュルレアリスム絵画」展が開催。デ・キリコ、アルプ、エルンスト、クレー、マン・レイ、マッソン、ミロ、ピカソ、ピエール・ロワらを賞讃するカタログ序文をデスノスとの共著で発表。
12月：イヴ・タンギーと出会う。深い友情で結ばれ、タンギーはブルトンの決定的な影響のもと、オートマティック画法に磨きをかける。
12月末：ハンス・アルプがエルンストを伴いパリに来る。ホアン・ミロとも友人となる。

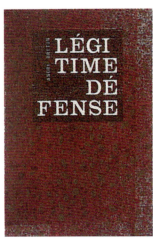  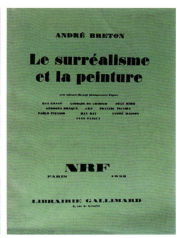 

1926（30歳）

1月：シャトー通りの集会で「優美な死骸」（言葉遊び）の実践。
3月：『シュルレアリスム革命』第6号を刊行。ジョルジュ・バタイユが入手した「中世の風刺詩」を掲載、ブルトンは最新の詩と「シュルレアリスムと絵画」の続編を発表。
3月26日：《シュルレアリスム画廊》を開設、「マン・レイの絵画とオセアニアのオブジェ」展が始まり、その展示物に近隣の住民が憤慨して騒ぎを起こす。
5月18日：ディアギレフ率いるロシア・バレー団による公演『ロミオとジュリエット』の公開舞台稽古を妨害。
8月：シモーヌと共にニース、ルルド、ビアリッツで静養。リーズ・ドゥアルムへの片恋に引き裂かれる心情。
9月8日：ガリマール書店刊、エリュアールの詩集『苦悩の首都』の推薦文を書く。
9月30日：エディション・シュルレアリストから『正当防衛』を発表。共産党との連帯を総括し、共産党の統制から独立したシュルレアリスムの内的自由を主張する。
10月4日：午後遅く、北駅近くのラファイエット通りで、ナジャ（23歳）と出会う。以後10月12日夜のサン＝ジェルマン＝アン＝レーでの一泊を含め、17日まで毎日のように会い、長い間隔を経て、翌年2月まで続く。彼女は1927年3月21日に留置所へ、続いて精神医療施設を転々とし1941年、38歳で亡くなるまで入院。
11月23日・27日：共産党「クラルテ」派と「シュルレアリスム革命」派で組織する委員会のメンバーを巡って、カフェ・ル・プロフェットに集合、アルトーは運動を脱退、スーポーは除名される。

1927（31歳）

1月14日：アラゴン、エリュアール、ペレ、ユニクと共に共産党に入党、ブルトンはラファイエット通りのガス労働者の細胞組織に配属。
4月：アラゴン、エリュアールと共に、スーポーが発表した作品を非難するパンフレット「すべてに反対するロートレアモン」を発行。
5月：アラゴン、エリュアール、ペレ、ユニクと共に小冊子『真昼に』を発行、共産党入党の事情を説明。それに対し、アルトーが『暗闇、あるいはシュルレアリスムのまやかし』で批判、両者は決裂する。
5月末：エリュアールと共に、プエブロとニュー・メキシコ・インディアンの数点の人形を発見、これをイヴ・タンギーの最初の個展に組み合わせ、5月27日～6月15日、「イヴ・タンギーとアメリカのオブジェ」展をシュルレアリスム画廊で開催。タンギーを「最も純粋なシュルレアリスト」と評する。
6月23日：ポール・ヴァレリーがアカデミー会員となった日に、彼からの書簡を破棄。
6月30日：1925年に発表済みの『現実僅少論序説』をガリマール書店から単行本として刊行（206部限定）。
7月：ブルトンのリーズへの愛を知るシモーヌが葛藤に苦しめられ、ブルトン夫妻は別々にヴァカンスを過ごす。ブルトンはノルマンディの16世紀建造のアンゴの館で、一人『ナジャ』の執筆を開始。
10月：シモーヌはパリに帰らず別居状態。リーズの別荘などで、毎日のようにリーズと逢瀬の場を持ち、夢中になるが、希望のない愛に苦悩する。その後、リーズが愛人だったポール・ドゥアルムと結婚することを知り、この恋に終止符を打つ。この頃、8月以来マルヌ県に住んでいたマグリットに出会う。
11月：作家エマニュエル・ベルルから執筆協力依頼があり、カフェ・シラノで会う。その時、ベルルに同伴していた彼の愛人シュザンヌ・ミュザール（27歳）と出会う。翌日以降、ただちに相思相愛の恋に陥る。
11月18日：シュザンヌと南仏へ出奔。アヴィニョン、マルセイユ、トゥーロン、イェール諸島への逃避行。シモーヌにすべてを打ち明け、彼女は別離に同意する。
12月：旅費が尽きてパリに戻るが、一旦ベルル宅に戻ったシュザンヌは、ベルルにチュニジアの旅に連れ去られる。

1928（32歳）

1月：アルフレッド・ジャリ劇場の第2回公演がシャンゼリゼ劇場で始まるのに際し、アルトーがいかなる検閲に対しても反対を貫くとの

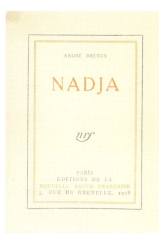   

姿勢を明らかにしたため、アルトーと和解。公演の最後に、ブルトンはアルトー作のシナリオ『貝殻と僧侶』を大声で読み上げた。
2月11日：ガリマール書店から『シュルレアリスムと絵画』を刊行。
3月15日：『シュルレアリスム革命』第11号で、アラゴンと共に《表現の至高の手段》として「ヒステリー 50周年」を祝う。
5月25日：ガリマール書店から『ナジャ』刊行。44点の写真入り。
6日9日：アルフレッド・ジャリ劇場第3回公演としてストリンドベリの『夢』上演を妨害、アルトーとトラブル。
7月：長期間シュザンヌに会えないことに耐えられず、彼女がベルと一緒にいるコルシカ島のアジャクシオまで会いに行くが、ベルの厳重な監視により帰仏。シモーヌと事実上の別居。
8月：オーシュ卿名で地下出版されたバタイユの『眼球譚』を読み、最も美しいエロティシズムの作品と賞讃。
9月：ベルの監視の隙を突いて、たびたびシュザンヌが家を抜け出し、束の間の逢瀬。ついにベルから、どちらかを選ぶように迫られたシュザンヌは、ブルトンと共に、モレ・シュル・ロワンに旅立つ。その時のノートに「シュザンヌ、火の形態そのものであるお前」と記す。
10月：愛と生活のジレンマにブルトンとシュザンヌは苦悩。将来の保証のないままに、シュザンヌと結婚するためにシモーヌに離婚を申し出る。ところが、シュザンヌは12月1日、突如ベルと結婚してしまう。またこの頃、シモーヌがマックス・モリーズと浮気をしていたことを知り愕然とする。互いの恋愛沙汰を報告し合うことを旨としていた夫婦であったが、ブルトンが一方的に報告していた現実を知り、シモーヌの欺瞞に傷つく。

1929（33歳）

1月：シュザンヌは、ベルとの結婚直後にもかかわらず、すぐさま夫のもとを去って、シモーヌのいないブルトンの住居に住み込む。同月：カンディンスキーのパリでの最初の個展で、その色彩に魅惑される。
3月11日：シャトー通りの集会で、トロツキーを擁護し、「大いなる賭」グループを糾弾。
4月：ミロの紹介で、3月にパリにやって来たサルバドール・ダリと知り合う。バタイユが『ドキュマン』誌を創刊、マッソンとの関係が疎遠になる。
5月：シュザンヌが物質的困窮に耐えられずブルトンのもとを離れ、バスク地方にいるベルに合流。ブルトンは戻ってくるよう彼女を説得。
6月：ベルギーの雑誌『ヴァリエテ』のシュルレアリスム特別号で、ブルトンとアラゴンの署名入りで、同年3月11日の集会の全記録に「続く──革命的傾向のある知識人たちに対するささやかな貢献」と題した記事を掲載。デスノスとの離反が決定的となる。
7月：戻ってきたシュザンヌと連れ立って、途中タンギー夫妻らとも合流し、ブルターニュのサン島で9月半ばまでヴァカンスを過ごす。シュザンヌの不安定な精神状態。
10月1日：ルイス・ブニュエルの映画『アンダルシアの犬』がシュルレアリストたちのために非公開上演。全員が拍手喝采、ブニュエルはシュルレアリスト・グループに迎え入れられる。
11月6日：ジャック・リゴーが拳銃自殺（30歳）。グループ有志が集まりリゴーを追悼。
11月20日〜12月5日：ダリのパリでの最初の個展。カタログ序文「第1回ダリ展」を発表。
12月15日：『シュルレアリスム革命』第12号（最終号）誌上で、『シュルレアリスム第2宣言』、『詩についての覚書』、『愛に関するアンケート』を掲載。
12月20日：カルフール出版刊、エルンストの『百頭女』初版に序文「マックス・エルンスト『百頭女』に寄せる前書き」を発表。
12月末：『ナジャ』印税の前貸しをガリマールに頼むも、大恐慌の影響で断られる。綱渡りの生活。シュザンヌはブルトンのもとを去る。

1930（34歳）

1月15日：『第2宣言』への報復として、ブルトンを弾劾するパンフレット『屍骸』が発行される。署名者は、リブモン＝デセーニュ、プレヴェール、クノー、ヴィトラック、レーリス、ランブール、ボワファール、デスノス、モリーズ、バロン、カルパンティエール、そしてバタイユ。
2月14日：『屍骸』への報復として、ブルトンはパンフレット『以前、以後』を発行。
3月20日：シャールやエリュアール、踊り子クレールと共に、パリを去り、4月半ばまでアヴィニョンに滞在。三人合作の詩集『工事中徐

行せよ』を書き、4月20日、エディション・シュルレアリストから刊行。パリ帰着後、踊り子クレールも去り、孤独に打ちひしがれたブルトンの生活は荒れる。心配したエリュアールとアラゴンは、それぞれの恋人ニュッシュとエルザと一緒にブルトンを小旅行に誘って出かけるも、却ってブルトンの孤独は深まる。

6月25日：単行本として『シュルレアリスム第2宣言』をエディション・シモン・クラから刊行。この本に、エリュアール、アレクサンドル、アラゴン、ブニュエル、シャール、クレヴェル、ダリ、エルンスト、ジョルジュ・マルキーヌ、ペレ、サドゥール、タンギー、ティリオン、ピエール・ユニク、アルベール・ヴァランタンが署名。

7月：新たな機関誌『革命に奉仕するシュルレアリスム』創刊（33年まで6号刊行、編集はブルトン）。同誌に、同年4月14日に自殺した詩人マヤコフスキーを追悼し、《愛》の問題とマルクシズムに関したエッセイを発表。同月、シュザンヌが戻って来たのも束の間、サン＝ブリスにあるリーズの家に去ってしまう。

10月：『革命に奉仕するシュルレアリスム』第2号に、論文「知的労働と資本の諸関係」、「シュルレアルスムに照らした精神医学」を発表。

11月：ステュディオ28でブニュエル監督、ダリ脚本の『黄金時代』試写会に参加。絶対的愛を謳った当作品にいたく感動。

11月24日：エリュアールと『処女懐胎』をエディション・シュルレアリストから出版。

12月1日：ソ連のハリコフで開かれた国際作家会議にアラゴンとサドゥールが出席、フロイト思想やトロツキズムを否定する「自己批判書」に署名。彼らのブルトンらに対する不可解な態度は、後年の決裂の序章となる。

12月3日：『黄金時代』を上映するステュディオ28が、右翼集団に襲撃され、展示していたダリなどの絵画が引き裂かれる。

12月：ヴィクトル・ブローネルがブカレストから運動に参加。タンギーの紹介でジャック・エロルドに出会う。

1931（35歳）

3月30日：シモーヌとの長期間にわたる離婚調停成立。シュザンヌは永遠に戻らず。「1931年は私にとってひどく暗い見通しのもとに始まった。心は曇ってばかりいた…」（『通底器』より）。

5月：パンフレット『植民地博覧会を訪れるな！』を発行し、植民地博覧会を糾弾。

6月10日：詩『自由な結合』を匿名で横長の小冊子75部として刊行。

7月2日・3日：資金難を打開するため、エリュアールと共に、所蔵するアフリカ、アメリカ、オセアニアの彫刻コレクションをホテル・ドゥルオで競売にかける。

7月：ブルトンを愛する9歳年上のヴァランティーヌ・ユゴー（ジャン・ユゴー夫人だが、1932年に離婚）が接近する。彼女やサドゥールらと共に、ブルターニュ、そして南仏でヴァカンス。

9月20日：ソビエト館で「反植民地主義」展を開催。

12月：『革命に奉仕するシュルレアリスム』第3号、第4号を合冊で刊行、反植民地主義活動、反宗教的活動を訴える。

1932（36歳）

1月：メレット・オッペンハイム、パリ到着、ジャコメッティやアルプによりシュルレアリストに紹介される。同月：革命的作家芸術家協会（AEAR）が設立され、参加する。

1月16日：前年発表の詩「赤色戦線」がフランス政府要人の殺害を挑発しているとして、アラゴン逮捕される。

2月：アラゴンを擁護しつつ、共産主義とは一線を画すシュルレアリスムの独自性を強調する文書『詩の貧困』を発表。

3月10日：ブルトンの擁護にもかかわらず、アラゴンは、共産党機関誌「ユマニテ」に、ブルトンの『詩の貧困』を批判、アラゴンとの決裂が決定的となる。その後、クレヴェルが書き、ティリオンが手直しした、アラゴンを弾劾するビラ「変節漢」が発行され、シャール、ダリ、エリュアール、エルンスト、ペレ、タンギー、ツァラが署名したが、ブルトンは署名を差し控えた。

6月：ユーゴスラビアのベオグラードで、マルコ・リスティッチによって発行された雑誌『シュルレアリスム、今日と今』誌上で、エリュアール、クレヴェル、ダリと共に「欲望に関するアンケート」に回答。欲望の優位性への賛同。

6月末：カイエ・リーブル社から、詩集『白髪の拳銃』をエリュアールへの献辞、ダリのエッチング入りで刊行。
7月：「大いなる賭」グループの一員ルネヴィルが、シュルレアルスムへの批判記事を発表したことから、『NRF』誌に、公開書簡「A・ロラン・ド・ルネヴィルへの手紙」を発表して反撃。
9月：前年来、ヴァランティーヌ・ユゴーはブルトンに愛情を寄せ続け、時々行動を共にするが、別の女性たちにすぐに恋をするブルトンにその気がないことを確信し、ブルトンと協力者同士の友情を結ぶ。彼女は、1936年までフォンテーヌ通りのブルトンと同じ建物に住む。
11月26日：カイエ・リーブル社から、『通底器』を刊行。
12月：『通底器』の献呈と共にフロイトに3通もの手紙を書く。26日にフロイトから返事。その文面は翌年5月発行の『革命に奉仕するシュルレアリスム』に掲載され、1955年『通底器』新版に収録された。

1933（37歳）

1月：革命的作家芸術家協会（AEAR）の文芸機関のメンバーとなる。
3月：ジャコメッティがシュルレアリスム運動に積極的に関わり、ブルトンのポートレートを手がける。
6月1日：スキラ書店から豪華雑誌『ミノトール』創刊号、第2号合冊が刊行され、シュルレアリストが多数参加、ブルトンは「ピカソ―その生の棲み処」を掲載。
6月7〜19日：ピエール・コル画廊で、オブジェ作品のシュルレアリスム展が開催。
7月3日：フェルディナン・アルキエがブルトンに宛てた手紙「ソ連から吹く組織的な白痴化の風」を、『革命に奉仕するシュルレアリスム』5月号に掲載したことが原因で、ブルトンは革命的作家芸術家協会（AEAR）を除名される。これは極めて早い時期におけるスターリニズムへの告発である。
7月：アフィム・フォン・アルニム『怪奇物語集』に序文を掲載し、ドイツ・ロマン派への優れた見解を発表。
9月：『革命に奉仕するシュルレアリスム』第5号に、論文「『ユマニテ』紙によって計画されているプロレタリア文学コンクールについて」を発表、プロレタリア文学を論断。
10月：アンデパンダン展のシュルレアリストたち（アルプ、ブローネル、ダリ、エルンスト、ジャコメッティ、ミロ、オッペンハイム、マン・レイ、タンギー）に割り当てられたコーナーに、カンディンスキー（7月にナチスによってバウハウスを閉鎖され追放された）を加えて紹介するよう働きかける。
12月：『ミノトール』第3－4号刊行。同誌に、オートマティスムに関する重厚なエッセイ「自動記述的託宣」を発表。同月、父親殺しの罪を犯した18歳の娘ヴィオレット・ノジエールを擁護する小冊子『ヴィオレット・ノジエール』を発行。

1934（38歳）

2月10日：パリのファシスト暴動（6日）に反撃する文書「闘争アピール」を発表し、レオン・ブルムと会見、知識人の結集を図る「反ファシズム知識人監視委員会」に参加。ブリュッセルのメザンスからブルトンに、雑誌『ドキュマン34』で、シュルレアリスムを特集したいとの提案を受ける。ブルトンはその基礎となるテクスト「発見されたオブジェの方式」を彼に送る。
4月：『ミノトール』第5号に、「美は痙攣的なものであろう」と題した記事を寄稿、すでに『ナジャ』の末尾で触れた命題について、「エロティックでありながら覆われており、爆発的―固定的であり、魔術的―状況的であるだろう。さもなくば存在しないであろう」と、矛盾した要素の統合として定義。（このテクストは『狂気の愛』第1章に再出することになる）。
5月29日：ブランシュ広場で、ジャクリーヌ・ランバ（24歳）と出会う。ひまわりの夜。
6月1日：メザンスの招きで、ブリュッセルで「シュルレアリスムとは何か」を講演。ファシズムの危機と、人類の自由のために知識人や芸術家は闘わなければならないと訴える。
7月：マグリット作品増補のために、『シュルレアリスムと絵画』改訂版を計画、マグリットに8点の自作解説文と複写用写真を依頼。
8月14日：ジャクリーヌと結婚、エリュアールとジャコメッティが立会人。
9月：ガリマール書店から、過去10年間の重要な文章を自選した評論集成『黎明』を刊行。オスカル・ドミンゲスと初めて出会う。

  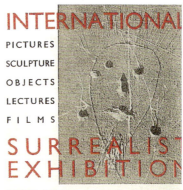

10月：新刊『マン・レイ写真集1920－1934』に、マン・レイへのオマージュ「女の顔」を発表。
11月28日：ピエール画廊で開催された、ヴィクトル・ブローネルのパリ最初の展覧会のために、カタログ序文『束、白い薔薇』を執筆。(この文は、のちに増補版『シュルレアリスムと絵画』に収録)。
12月：オンディーヌ(ジャクリーヌ)に捧げられた詩集『水の空気』をカイエ・リーブル社から刊行。ベルリンから、ハンス・ベルメールが自作「人形」の写真18点をブルトンに送る。この複製写真はシュルレアリストたちによって認められ、『ミノトール』第6号に掲載された。デュシャンによるガラス作品『花嫁は彼女の独身者たちによって裸にされて、さえも』の制作に用いられた草稿・デッサン集が刊行され、ブルトンは同誌に、最初の貴重な論文『花嫁の燈台』を執筆、発表する。
シュルレアリストのアンリ・パリゾが友人の画家マリオ・プラシノス宅で、その妹の14歳に満たぬ少女ジゼール・プラシノスの詩を読んで驚嘆、ただちにブルトンに紹介し、エリュアールらと共に彼女の詩の朗読を聞く。ブルトンは翌年、ジゼール・プラシノスの詩を『ミノトール』誌に紹介するとともに、ガリマールにも推薦、詩集がエリュアール序文、マン・レイ写真入りで刊行。さらに『黒いユーモア選集』にジゼール・プラシノスを執筆・追加する。

1935 (39歳)

3月27日：チェコのシュルレアリスム・グループの招待を受け、エリュアール、ジャクリーヌと共に《ヨーロッパの魔術の首都》プラハへ出発。カレル・タイゲ、ネズヴァル、インドリヒ・シュティルスキー、トワイヤンらと会う。29日、マネス・ホールで七百人の聴衆を前に「オブジェのシュルレアリスム状況、シュルレアリスム的オブジェの状況」を講演。
4月1日：プラハ市立図書館で、「今日の芸術の政治的位置」を講演。
4月9日：プラハでの活動のすべてが「シュルレアリスム国際会報」に記載され、チェコ語との二か国語で刊行。
4月27日：国際展のため、ペレ、ジャクリーヌと共に、カナリア諸島テネリフェへ出発。
5月10日～24日：アテネオ・デ・サンタ・クルスで、約70点もの絵画を展示したシュルレアリスム国際展が開催。併せて「シュルレアリスム国際会報」第2号がスペイン語との二か国語で刊行。27日に帰国。
6月：パリで開催される「文化擁護のための国際作家会議」に参加登録を申請するが、ブルトンが反スターリニズムの旗幟を鮮明にしていることから、参加を拒否される。14日、シュルレアリストを男色の集まりだとこきおろしたイリヤ・エレンブルグをモンパルナス大通りで鉄拳制裁。同月、『ミノトール』第7号に、ブラッサイの写真入りで、「ひまわりの夜」と題し、1923年執筆の詩「ひまわり」の予兆と《客観的偶然》をテーマに、ジャクリーヌとの偶然の出会いを再検証する。
6月18日：ブルトンの会議参加の実現に奔走していたルネ・クレヴェルがガス自殺(35歳)。
6月20日～25日：「文化擁護のための国際作家会議」が開催され、登壇を拒否されたブルトンの代わりにエリュアールがブルトンの草稿を代読。この反ファシズムの作家会議が仏ソ協力を目指すスターリンの指示によるものであることから、反スターリン政権、反スペイン・フランコ政権の立場を明確に打ち出す。
7月2日：サド研究家モーリス・エーヌの家にグループ全員が集まり、ブルトンが起草した反スターリニズムの立場を宣言した『シュルレアリストが正しかったとき』に全員が署名、8月初めに発行。フランス共産党と決定的に決裂する。
8月20日：ブリュッセルで「シュルレアリスム国際会報」第3号刊行、仏ソ条約、愛国精神に反対する。
10月7日：バタイユと「コントル・アタック(反撃)」グループを結成。
11月：「コントル・アタック」活動の一環として『シュルレアリスムの政治的位置』をサジテール書店から刊行。
12月：ジャクリーヌとの間に、娘オーヴが誕生。

1936 (40歳)

2月17日：「コントル・アタック」グループと共に、人民戦線の三つの党によって組織されたデモに参加、革命攻勢をアピール。
3月24日：バタイユが、ヒトラーの再軍備推進について、「その反外交的な粗暴さ」をむしろ好むと宣言、超ファシスト的立場を取ったことから、ブルトンは「コントル・アタック」からの脱退を表明。

4月20日：『カイエ・ダール』誌に「オブジェの危機」を発表。
5月22日〜29日：シャルル・ラトン画廊で「シュルレアリスムのオブジェ」展が開催、カタログ序文を発表。
6月：『ミノトール』第8号に、「あらかじめ対象を想定しないデカルコマニー（欲望のデカルコマニー）」を発表、オスカル・ドミンゲスを紹介する。
6月11日〜 7月4日：ロンドンのバーリントン・ギャラリーで、第2回シュルレアリスム国際展が開催され、ジャクリーヌと訪英。ハーバート・リード、ローランド・ペンローズ、ディヴィッド・ギャスコインの提唱で絵画とオブジェ約360点が展示され、16日、「シュルレアリスムの非国境的境界」と題して講演、英国暗黒小説への深い洞察と、早くも社会主義レアリスムへの鋭い批判を展開する。20日に帰国。
7月：深刻な物質的困窮もあり、ジャクリーヌとの関係が波瀾含みとなる。ジャクリーヌは娘オーヴをブルトンの元に置いたまま出奔、コルシカ島のアジャクシオへ向かい、数ヶ月間別居状態となる。
9月：「シュルレアリスム国際会報」第4号（最終号）が英語との二か国語で刊行。
9月3日：トロツキズムの国際労働者党の政治集会の席上、「モスクワ裁判の真実」という宣言を読み上げる。スターリンによるトロツキー派粛清を非難し、スターリンこそ革命の敵と明言、「ソ連擁護」に代わって「革命的スペイン擁護」をスローガンにするよう提唱、早くから反スターリンの姿勢を打ち出した少数の知識人として知られる。
10月15日：『ミノトール』第9号に、サンボリズムの今日的意義を語った重要なエッセイ「神秘対不可思議」を発表。
パリ、G.L.M書店から、詩集『暗い洗濯場にて』をデュシャンの作品「窓」を付して刊行。

1937 (41歳)

1月16日：第2回モスクワ裁判に関する政治集会で、釈放されたヴィクトル・セルジュの声明を読み上げ、「スターリンのテロリズムと帝国主義の仮面を剥ぐ」ことが急務だとスピーチ。
1月：『ラ・ヌーヴェル・ルヴュ・フランセーズ』誌に、前年のロンドンにおける講演「シュルレアリスムの非国境的境界」を掲載。
2月2日：ガリマール書店から『狂気の愛』刊行。ブラッサイ、マン・レイ、ドラ・マール、カルティエ・ブレッソンら18点の写真入。
2月：物質的な困窮から逃れようと、ジャン・ジロドゥーを介して外務省に、外国での講師の口を求めるが果たせず、代わりに友人の紹介でセーヌ通りの画廊の管理を委託される。ブルトンはこの画廊にイェンセンの小説に因んで「グラディヴァ」と名づけ、扉には、デュシャンの手により、中に入ってゆく男女の後ろ姿のシルエットが描かれた。
5月：画廊「グラディヴァ」で最初の展覧会。オブジェ、オセアニアの彫刻類、『狂気の愛』を含む書物、アルプ、ベルメール、デ・キリコ、ダリ、ドミンゲス、デュシャン、エルンスト、ジャコメッティ、クレー、ドラ・マール、ミロ、パーレン、ピカビア、ピカソ、マン・レイ、タンギーなどの作品を展示。画廊の紹介文「グラディヴァ」を発表。
10月9日：シャンゼリゼ劇場で、ジャリの「ユビュ王」の重要性を交え「黒いユーモア」について講演。同月、ダリの推薦でチリの若き画家ロベルト・マッタと知り合う。
12月：『ミノトール』第10号刊行。この号から、編集はブルトン、デュシャン、エリュアール、エーヌ、マビーユからなる編集委員会に完全委譲された。

1938 (42歳)

1月17日〜 2月：デュシャン演出、ジョルジュ・ユニエ舞台装置の協力を得て、エリュアールと共にパリのボザール画廊でシュルレアリスム国際展を開催。当時のブルトン所蔵コレクションである、キリコ「子供の脳」、ドミンゲス「射手」、エルンスト「人間たちは何も知らないだろう」「キマイラ」、マグリット「森に隠れている…が見えない」、ミロ「人物像」「星型の人物」、マン・レイ「危険」、シュティルスキー「根」、タンギー「暗い庭」「プロテウスの戸棚」、トワイヤン「プロメテウス」も展示。カタログとして、エリュアールと共著で『シュルレアリスム簡約事典』を刊行。この大規模な展示で、シュルレアリスムの名はさらに広く認知される。
2月末：サン＝ジョン・ペルスとアンリ・ロジェの働きかけで、外務省が、18世紀から現代までのフランス文学・芸術に関してメキシコで講演を行う文化使節の職を提案。生活苦から脱却するため、ブルトンは出発を準備する。

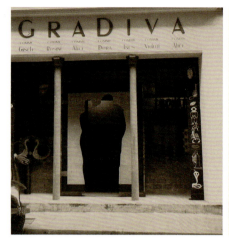

3月:『カイエGLM』第7号、夢に関する特集号に、ナチの脅威にさらされたフロイトを支援する文章を寄せる。この号を『夢の軌跡』と題してフロイトへの献辞付きで刊行。30日、ジャクリーヌと共に発動汽船オリノコ号に乗船、メキシコへ出発。

4月18日:メキシコのベラクルスに上陸。ディエゴ・リベラに迎えられ、サン・アンヘルの彼の家に滞在、妻のフリーダ・カーロとも出会う。しかしスターリンを擁護するメキシコ共産党の数々の妨害(アラゴンの指示など)により、予定された講演会の中止が相次ぎ、ブルトンは自由な時間を過ごせるようになる。

5月初め:ディエゴ・リベラの紹介で、トロツキーと初めて会う。以後、それぞれの妻を連れ、グアダラハラなど、数度にわたって旅行する。

5月17日〜30日:パリのジャンヌ・ビュシェ=ミルボール画廊で開催されたイヴ・タンギー展にカタログ序文を発表。

6月:トロツキーと共に宣言『独立革命芸術のために』を念入りに起草、7月25日付でディエゴ・リベラを含む3名で署名・発表し、「独立革命芸術国際同盟(FIARI)」を結成。あらゆる芸術創造の自由を擁護。

6月21日〜7月5日:パリのルヌー・エ・コル画廊で開催されたヴォルフガング・パーレン展にカタログ序文を発表。

8月1日:ジャクリーヌと共にベラクルスを出港。18日、帰国。その後、家族でロリアンからラ・ボールに赴き、マッソンとマビーユに合流、ナチのポーランド侵攻を目前にしてシュルレアリストはどうすべきか話し合う。

9月29日:軍医として招集されパリで入隊するが、戦争が回避され、10月8日に帰宅。

11月11日:国際労働者党主催の十月革命記念集会で「レオン・トロツキー訪問」と題して講演。

11月14日:ニューヨークのジュリアン・レヴィ画廊で開催されたフリーダ・カーロ展カタログにオマージュを寄稿。

11月:20年にわたる同士エリュアールと訣別。トロツキズムのもとで革命的芸術家たちを結集させようというブルトンに対し、スターリニズムを擁護する共産党系雑誌『コミューヌ』に詩を発表するエリュアールとの不一致。エリュアールは、場合によっては、ドイツやイタリアのファシズムの出版社に詩を寄稿することもないわけではないと主張、両者の相互理解の決裂。

1939(43歳)

1月:独立革命芸術国際同盟(FIARI)の機関誌『鍵』創刊号を発刊。続く2月に第2号を刊行して終刊。ドイツのナチ、イタリアのファシスト、スペインのフランコ政権の圧政下におかれる芸術家たちの擁護を訴える。同月、過度のジャーナリズム活動と人種差別的発言を弄するダリを、グループ総意のもとに除名。

3月10日〜15日:ルヌー・エ・コル画廊でメキシコ展を企画・開催。アステカ文明の仮面、装飾、マヌエル・アルバレス・ブラボの写真、フリーダ・カーロの絵画など多数展示。カタログ「フリーダ・カーロ・デ・リベラ」を発表、他に「コロンブス発見以前の芸術」、「マヌエル・アルバレス・ブラボの写真」等を収録。

5月:『ミノトール』第12、13合併号で、「メキシコの思い出」を発表。併せて、芸術におけるナショナリズムに反対する記事を載せ、「シュルレアリスム絵画の最近の傾向について」、「アンドレ・マッソンの幻惑」を発表、マッソンを高く評価、逆にダリの除名を公表する。

8月:前年刊行の『アルゴールの城』を愛読していたブルトンは、寄稿依頼の手紙を送り、ナントでジュリアン・グラックと出会う。

9月1日:ナチがポーランドに侵攻、翌2日、ノジャン(仏東部)の前線の軍医補として再招集される。ジャクリーヌとオーヴは、シュルレアリスムへの関心を示していた上院議員の妻マリー・キュトリの南仏アンチーブの自宅に引き取られる。ブルトンは年末まで、パリ郊外の要塞に配属。

12月:一時的にパリに戻り、ヴォルフガング・パーレンやセサル・モロと共に、メキシコでの国際シュルレアリスム展を企画、翌年2月にメキシコシティーで開催される。

1940(44歳)

1月〜6月:ポワチエの航空初等学校に主任医師の資格で配属。以後、仏南東部のジロンド県に転属。

4月:ドノエル社からの出版が頓挫していた『黒いユーモア選集』がサジテール社から刊行する運びとなり、印刷まで完了したが、6月14日にドイツ軍の侵攻によりパリ陥落、その傀儡であるヴィシー政権が樹立されると、刊行が一旦中止される。

8月1日:フランスの降伏により動員解除、一文なしで復員となり、ピエール・マビーユの招きで妻子と共に、南仏のサロン=ド=プロヴァ

ンスのマビーユ宅に逗留。
8月21日：メキシコシティーでのトロツキー暗殺のニュースが届き、悲嘆する。
8月末：詩『余白一杯に』を書き上げ、「カイエ・デュ・シュッド」誌への掲載をジャン・バラールに依頼するも、結局、1943年、ニューヨークのカール・ニーレンドルフ書店から単行本として刊行された。
10月末：ヴァリアン・フライ、ダニエル・ベネディットを長とするアメリカの組織、知識人緊急援助委員会の救援により、妻子と共に、マルセイユ郊外エール=ベルの別荘のひと間に移住。
12月3日：ヴィシー政権の元帥ペタンのマルセイユ凱旋を前に、「フランス警察が捜索していた危険な無政府主義者」として、ブルトン逮捕され、船倉に監禁される。4日後釈放。
12月：ジャクリーヌに捧げられた長詩『蜃気楼（ファタ・モルガナ）』を書き上げる。この作品は、1942年、ブエノスアイレスのレットル・フランセーズ書店から、ラムのデッサン4枚入りで刊行された。
12月末：エール=ベルの別荘に住み着いたマッソン、ブローネル、ラム、ドミンゲス、エロルドと共にタロットに因む「マルセイユ・ゲーム」のトランプカードをデザイン、作成する。その模様をエッセイ「ジュ・ド・マルセイユ」に記す。

1941（45歳）

1月：ジャン・バラールと共に、マルセイユに避難した芸術家、マッソン、ラム、ブローネル、エロルドなどの集合展を企画。
2月：検閲当局が、『黒いユーモア選集』を発禁処分、『蜃気楼（ファタ・モルガナ）』を出版延期処分と決定。
3月24日：アメリカの緊急援助委員会の奔走によるビザ取得と、エルンストの愛人で富豪のペギー・グッゲンハイムの旅費の支援により、ジャクリーヌ、オーヴと共に、マルティニーク島行きの汽船キャピテーヌ・ポール=ルメルル号に乗船。ヴィクトル・セルジュ、ラム夫妻、クロード・レヴィ=ストロースも同乗。
4月下旬：マルティニーク島フォール・ド・フランスに上陸、「危険な煽動家」として当局にラザレ収容所に軟禁されるが、必死の訴えにより解放される。エメ・セゼールと『トロピック』同人との出会いと交流。一週間遅れで到着したマッソンと「クレオールの対話」を書く。これは1942年1月にブエノスアイレスのレットル・フランセーズ誌に掲載され、1948年『マルティニーク島 蛇使いの女』に収録された。この時に書いた詩集『震えるピン』も同様。
5月16日：汽船トルヒーヨ号に、妻子、マッソン、ラム各夫妻と乗船、サント・ドミンゴに立ち寄り、画家エウヘニオ・フェルナンデス・グラネルと出会う。
7月初旬：ニューヨーク到着。タンギーとその恋人ケイ・セイジ及びヘイターが出迎える。ケイ・セイジの斡旋で西11丁目の小さなアパルトマンに逗留。
8月：ニューヨークの詩人チャールズ=ヘンリー・フォードによるインタビュー。主に戦争に関する話題が中心。この談話は「アンドレ・ブルトン会見記」と題され、10月に『ヴュー』誌第7／8合併号のシュルレアルスム特集号に掲載された。
8月以降：ペギー・グッゲンハイムの申し出により、毎月二百ドルの給金で、展覧会のための絵の選定やカタログ序文の仕事を請け負う。ボルチモア美術館での「アンドレ・マッソン」展、ニューヨークのピエール・マチス画廊での「ウィフレッド・ラム」展における講演とカタログ序文の発表。
秋頃：アメリカの若き画家でヌーディストのデヴィッド・ヘア（24歳）と、ブルトンとの通訳もこなしていたジャクリーヌが、ヘアと恋愛関係となり、ブルトンは家を出、別居状態となる。

1942（46歳）

3月：フランス向けのニュースをラジオ放送する「アメリカからの声」のアナウンサーとしての職を得る。この単調な仕事を自分の自由獲得の代償として耐える。英語を話せず、学ぼうともしないブルトンは、アメリカを苦手とした。
4月：『ヴュー』誌にエルンストについての論文の白眉となる「マックス・エルンストの伝説的生涯、その前説としての新しい神話の必要性をめぐる短い議論」を寄稿。（のちに『シュルレアリスムと絵画』に増補）。

5月:『ヴュー』誌に「タンギーの隠すもの、顕わすもの」を発表。
6月: デヴィッド・ヘアを編集長とし、デュシャン、エルンスト、ブルトンが編集委員となった雑誌『VVV』が創刊され、英仏二か国語で「シュルレアリスム第三宣言か否かのための序論」を発表。
10月14日〜11月17日: シュルレアリスム国際展「亡命の芸術家たち」開催。カタログ『シュルレアリスムの最初の記録文書』を執筆・作成し、デュシャンと共に展示内容を指揮。デュシャンによって、絵画の前方に天井から網状の針金が垂らされ、ケイ・セイジ、クルト・セリグマン、レオノーラ・カリントン、エステバン・フランセス、その他多数の作品を展示。
10月20日: ブルトンの助力のもと、ペギー・グッゲンハイム所蔵の「今世紀の美術」展開催。カタログ序文に「シュルレアリスムの起源と芸術的展望」を執筆、ダリのことをドル亡者と呼ぶ。
10月: オーヴが母ジャクリーヌのもとで暮らし始め、ブルトンは孤独の底に突き落とされる。
12月10日: アンリ・ペイル教授の招きにより、イェール大学で「両大戦間のシュルレアリスム状況」を講演。

1943 (47歳)

1月: エルンストやシャルル・デュイ、レヴィ=ストロースらと、アステカの石でできた仮面など、頻繁に骨董品を探求。
5月: モントリオールの『ル・モンド・リーブル』紙に「黒い光」を寄稿。
8月: デヴィッド・ヘアがロング・アイランドに広い別荘を借り、ジャクリーヌ、オーヴと暮らし始める。ひたすら孤独に耐え、週末にブルトンは娘に会い行く。「総目録」と題した詩を書く。
12月9日もしくは10日: 吹雪が激しく降りかかる日、56丁目の自宅前にある小さな仏レストラン《シェ・ラレ》に昼食をとりに入った際、ブルネットの髪に青い瞳をしたチリの女性、エリザ・クラロ(37歳)と出会う。彼女は幼い娘を事故で亡くし、自殺を企てたばかりだった。

1944 (48歳)

1月: エンリコ・ドナティの展覧会カタログの序文を書く。この頃、アーシル・ゴーキーの絵を発見する。
2月:『VVV』第4号に詩「総目録」を発表。
2月〜3月: ピエール・マチス画廊でマッタの展覧会開催。カタログに序文を寄せる。
8月20日〜10月20日: カナダ東部、ガスペジー半島の海岸にエリザと滞在。そこで『秘法十七』を執筆。
12月12日: ニューヨークのジュリアン・レヴィ画廊で開催されたチェスに関する作品展にカタログ序文「瀆聖」を発表。
12月末: ニューヨークのブレンターノからマッタの挿絵入りで『秘法十七』をわずか325部で刊行。

1945 (49歳)

2月: ジュリアン・レヴィ画廊で開催されたアーシル・ゴーキー展に、当時夢中になっていたシャルル・フーリエの観点からカタログ序文を寄せる。
4月: デュシャンに捧げられた『VVV』特別号で、デュシャンを礼賛。ブレンターノから『シュルレアリスムと絵画』増補版を刊行、「シュルレアリスムの生成と芸術的展望」をはじめ、デュシャン、ドミンゲス、マッソン、エルンスト、タンギー、パーレン、マッタ、ドナティ、ゴーキーなどに関するテクストが追加された。販売に際して、ブレンターノのショーウィンの飾りつけをデュシャンが行った。
6月〜7月: エリザと共に、シカゴを経由して、州法で簡便に離婚・再婚手続きができる、ネヴァダ州の賭博の街リノに滞在。
7月31日: リノで、ジャクリーヌとの離婚手続きを済ませ、エリザと再婚。
8月: エリザとさらにコロラドのグランドキャニオン、ネヴァダ、ニューメキシコ、アリゾナへ旅行。
8月22日: エリザと、ホピ族及びズニ族インディアン居留地を訪問。長詩『シャルル・フーリエへのオード』を構想。
12月4日: ハイチ共和国フランス大使館の文化担当官に任命されたピエール・マビーユの招きで、エリザと飛行機でハイチへ講演旅行に発つ。マビーユ、ラム、ハイチの若手作家らの歓迎。マビーユの家に逗留。

12月10日頃:「アート・センター」で、偶然目にした無名の画家エクトル・イポリットの絵に魅かれ、5点を購入。
12月12日・13日:『ハイチ・ジュルナル』紙に、現地の詩人ルネ・ベランスによるインタビューが行われ、記事が掲載される。
12月14日:ハイチ中の作家や芸術家がカフェ・サヴォイで盛大な歓迎の宴。
12月20日:映画館レックスで、六百人の学生に加え、大統領やフランス高官を前に、シュルレアリスムについて講演し、ハイチの人民の悲惨な歴史と大国の利己主義への怒りを強調。以後、この講演内容がマスコミらの予想外の共感を呼ぶ。

1946（50歳）

1月1日:地元の『ラ・リッシュ』紙がブルトンの演説内容を宣伝する特別号を発行、これが反政府暴動につながり、8日、全労働者がストに入り、大統領官邸を包囲、11日、レスコ大統領はマイアミに逃亡、解任され、革命軍事政権が樹立される。この混乱により、8日に予定されていたブルトンの講演「フランス・ロマン主義に秘められた外国の源泉─知られざるユゴー」が中止となる。ブルトンは意図せざる政治的混乱を避け、マビーユとブードゥー教の儀式などを体験。
1月24日〜2月3日:文化センターでウィフレッド・ラム展が開催され、カタログ序文を発表、ラムを紹介する講演を行う。そこで画家のエクトル・イポリットや詩人マグロワール・サン＝トードと知り合う。その間、大学の法学部で火曜・土曜ごとに連続講演を行い、エリファス・レヴィとユゴーとの類縁、さらに「強い衝撃をもたらすロマン主義の三つの作品、アロイジウス・ベルトラン、ペトリュス・ボレル、ネルヴァル─ボードレールの位置」で、万物照応とアナロジーというボードレールの理論とフーリエを関連づける。
2月18日:ハイチからドミニカ共和国を経由、さらにマルティニーク島でエメ・セゼールと再会、3月にニューヨークへ帰港。
3月末:アメリカに講演旅行に来ていたアルベール・カミュと出会う。カミュからフランス共産党系組織がレジスタンスにより絶大な権力を握っていることを知る。
5月26日:5年ぶりにブルトンが、妻エリザと共に、ル・アーブル港からパリ帰着。
5月末:ロデスの精神病院から出たアントナン・アルトーのためにスピーチするよう、ジャン・ポーランらから依頼される。
6月初め:カフェ・ドゥ・マゴでアルトーと感動の再会。
6月7日:サラ・ベルナール劇場でアルトーの講演会。ブルトンはアルトーを讃えるスピーチを行う。「我々の生を死に等しい状態にしてしまうようなあらゆる事柄に対する狂おしく、英雄的な否定」に敬意を表した。
7月:『クリティック』誌に、バタイユが「シュルレアリスム、その実存主義との違い」を寄稿、《おそらくここ20〜30年間を通じ、アンドレ・ブルトンほどに、人間の意味をも巻き込むような意味を、ごく些細な行動にまで与えた者はいない》と書く。
10月初め:『ル・リテレール』誌にジャン・デュシェのインタビューへの回答記事が掲載。レジスタンスやカミュの悲観主義を批判、フーリエへの賞讃と、原子力時代の人類に要求される新しい神話の諸要素を確立するための国際展企画を表明。
10月13日:ブルトンの母死去、ロリアンで埋葬に参列。
12月末:サジテール書店から『シュルレアリスム宣言集』を刊行。
冬:『カイエ・ダール』誌冬号に、「ヴィクトル・ブローネル、犬と狼のあいだに……」を発表。
ニューヨークのピエール・マチスからデュシャン装幀、ブルトン文『イヴ・タンギー』が刊行される。

1947（51歳）

1月12日:デュシャンとシュルレアリスム国際展を企画、参加が予定される芸術家たちに招請状を出す。
1月13日:ヴュ・コロンビエ座でのアルトーの講演に参加。以後、手紙のやり取りが始まる。
2月:アメリカで書き始めた長詩『シャルル・フーリエへのオード』をルヴュ・フォンテーヌ社から刊行。
3月:トワイヤンがインドリヒ・ハイズレルと共にチェコからパリに亡命、以後、すべてのシュルレアリスム運動に参加する。
4月11日:ソルボンヌの大講堂でのツァラの講演「シュルレアリスムと戦後」を聴きに行くが、共産党の文化政策に賛同しシュルレアリスムを糾弾する内容だったため、ブルトンたちシュルレアリストは講演を妨害、乱闘となる。
5月31日:ドミニック・アルバンによるインタビュー。主にオートマティスムなどについて語る。『コンバ』誌に掲載。

 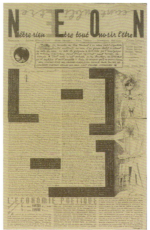 

6月:「透かし彫り」を追加した『秘法十七』仏語版を刊行。1冊をバタイユに献呈、《わが人生において知るに値した数少ない人間の一人、ジョルジュ・バタイユにこれを捧ぐ》。同月、ツァラら共産党やサルトル一派に反論する集団パンフレット「幕開きの決裂」を発行。

6月13日〜7月12日:ドゥニーズ・ルネ画廊でトワイヤン展、序文を執筆。

7月7日から3ケ月間:マーグ画廊で戦後初となるシュルレアリスム国際展開催。カタログ序文「幕の前で」を発表。デュシャンと企画し、建築家キースラーによる会場設営指揮のもと、観客が秘法伝授を受けられるよう迷宮状の構造で演出されており、25ケ国から百名近くの芸術家の作品を展示。ジャック・エロルドの「透明な巨人」など、反響は大きかった。この頃、サラーヌ・アレクサンドリアン、ジャン=ルイ・ベドゥアン、ジャン・シュステルらが運動に参加。

7月:ルネ・ドルーアン画廊で開催されたマッタ展に小冊子「三年前のこと……」を発表。

10月:パリで開催されたジャック・エロルド展の際に、カイエ・ダール社から小冊子「ジャック・エロルド」500部限定で発行。

11月:ルネ・ドルーアン画廊で第1回「アール・ブリュット(生のままの芸術)」展覧会が開催され、そこでスイスの狂人女性画家アロイーズの作品を発見。翌年発表した「狂人の芸術、野の鍵」で彼女の絵を賞讃する。

12月:プラハで開催されたシュルレアリスム国際展に赴く。序文「第二の方舟」において、いかなる政治からも芸術家の絶対的自由を訴え、サルトルらの「アンガージュマン」の隷属性を批判。

1948 (52歳)

1月:インドリヒ・ハイズレルやサラーヌ・アレクサンドリアンら若きシュルレアリストたちの編集で、機関誌『ネオン』(「何ものでもなく、すべてであり、存在を開く」の頭文字)を創刊(1〜5号)。論文「上昇記号」を掲載し、アナロジー的思考と詩的メタファーを重視した隠秘学的な詩論を展開、現代詩における精神的モラルの欠如を批判。

3月4日:アントナン・アルトー死去(51歳)。

3月:アンティーブに滞在中、レーモン・ルーセルや隠秘学的思考を展開したエッセイ「まわり破風」を執筆、同年夏『カイエ・ド・ラ・プレイヤード』誌に発表。同月、『パリュ』誌にエメ・パトリによるインタビュー記事が掲載。

5月:ジャン・ポーランらと「アール・ブリュット(生のままの芸術)」を保護する運動を創始し委員会の一員となる。

6月15日:『大時計のなかのランプ』をトワイヤンの挿画入りで《黄金時代》叢書の一冊として刊行。

6月:シュルレアリスムの神秘主義的傾向がキリスト教徒に乗っ取られる企てに対し、アンリ・パストローによって起草され50人以上の声明を集めたパンフレット「神の負け犬たちよ、犬小屋へ入れ」を発行。同月、アンドレ・オリーヴ画廊でオセアニアのオブジェ展示会が開催され、カタログ序文「オセアニア」を発表、未開人の叡智と芸術を賞揚。

7月:メキシコからペレが戻り、トワイヤン、ハイズレルと共に、ブルターニュのサン島に滞在。ハイズレルを除く多数の若手シュルレアリスト、マッタ、ヴィクトル・ブローネル、アレクサンドリアン、ジュフロワらをモラルの観点から除名(同年10月に『ネオン』誌に除名を発表、後年、除名解除)。運動存続の危機。『ネオン』誌の編集委員を見直し、ハイズレルの他、ペレ、ジャン=ルイ・ベドゥアンらが編集に加わる。

7月31日:クロディーヌ・ショネによるインタビュー。共産党やサルトル一派から集中砲火を浴びた状況に反論。

8月:サジテール社から『マルティニーク島蛇使いの女』をマッソン挿絵で刊行。

10月:運動の原点に戻るため、「運動調整センター」が「ソリュシオン・シュルレアリスト(シュルレアリスムの解決法)」の名でドラゴン街のニナ・ドッセ画廊にシュルレアリスムの常設展を開設。以後、「ラ・ドラゴンヌ」と呼ばれる。論文「狂人の芸術、野の鍵」を執筆。今日の芸術批評に対し、ブルトンは栄光や金銭のために努力する芸術を断固否定、ジョゼフ・クレパンの霊媒的作品に関心を抱く。また、ナチス政権下に《堕落芸術家》の烙印を押され、ウィーンで独自のシュルレアリスム活動を続けてきた画家エドガー・イェネ展を開催し、オマージュ文を捧げる。

10月7日〜30日:「ラ・ドラゴンヌ」での「甘美な死骸、その顕揚」展にカタログ序文を発表。

秋:『カイエ・ド・ラ・プレイヤード』誌に「狂人の芸術、野の鍵」を発表。

11月:ゲーリー・デーヴィスの世界市民運動を支援。

  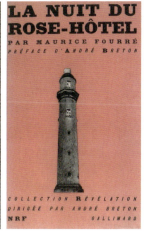

12月：世界市民運動を受け、ジャン・ポーラン、サルトル、カミュらと共同で「革命的民主連合」を結成、13日、プレイエル・ホールで「精神のインターナショナリズム」をテーマに開かれた集会に五千人が参加、ブルトンはスピーチを行う。スターリン独裁やド・ゴール体制への反対、すべてのナショナリズムを告発した。同月、ジュリアン・グラックがブルトンを賞揚した『アンドレ・ブルトン』をコルティ社から刊行。

1949（53歳）

1月：「ラ・ドラゴンヌ」にジャン＝ピエール・デュプレーから手紙が届き、以後、ブルトンと文通、運動に参加。この頃、アドリアン・ダックス、ミシェル・ザンバッカも参加。
春：ジュリアン・グラッグらの紹介で、72歳の老作家モーリス・フーレと出会い、彼の小説の出版を計画。
3月23日〜4月23日：ドラゴンヌ画廊で開かれたリオペル展のカタログ序文、ペレ、エリザとの「ひそひそ話」を発表。
4月30日：ジャック・ヴァシェ著『戦争からの手紙』再刊への序文「三十年後」を発表。
5月19日：メルキュール・ド・フランス社がパスカル・ピアの序文つきで出版したランボーの未刊行作品「精神の狩猟」の抜粋を『コンバ』紙が紹介、ブルトンは一読して偽作と見破り、その日のうちに同紙にペテンを暴く記事を書き、ラ・ユヌ書店の店頭にも掲示され議論の的となる。24日、当事者が記者会見し、自分たちの悪戯であったと白状、7月2日、メルキュール・ド・フランス社が偽作を認め、事件は終結。
7月6日：ランボー偽作事件を総括する小冊子『現行犯——詐欺と瞞着の陰謀にさらされたランボー』を刊行。
夏：エリザとブルターニュへ。ポン＝タヴェンで画家フィリジェのグアッシュを購う。その後、サン島でペレと合流。パリへの帰途、ブロセリアンドの森の奥にある旅館パンポンに滞在中、モーリス・フーレの作品を紹介した「ローズ・ホテルの夜」序文、さらにジャン・フェリーの短篇集『機関士』への序文を書く。
9月以降：カフェでの集会が『半世紀のシュルレアリスム年鑑』刊行のための準備に集中される。
10月：南仏カオールで行われた世界市民運動の式典に参加した際、ロット川沿いの村、サン＝シル＝ラポピーを発見。
同月、娘オーヴがアメリカから戻り、同居するため1階下に引っ越す。
12月：パリのベリ画廊で開催された素朴派の無名画家、デモンシーのカタログ序文を執筆。

1950（54歳）

1月6日〜21日：パリのR・クルーズ画廊で開催されたジェローム・カムロウスキ展にカタログ序文を発表。
1月18日：パリ市賞が授与されることを知らされ、受賞拒否の意思を表明、辞退する。
1月20日：デンマークに亡命していたセリーヌの無実が証明されるべきかとの『リベルテール』誌の問いに対して、「私はとりわけ芸術の才能が性格と釣り合った人々しか賞讃しない…中傷と汚れに服従し、世界のより低部にあるものに訴えかける効果を狙った文学を私は嫌悪する」と返答。
1月：パリのラ・ユヌ画廊で開催された「マックス・エルンスト、書物—挿画—版画」展にカタログ序文を発表。
3月：『半世紀のシュルレアリスム年鑑』を『ラ・ネフ』誌特集号として刊行。当年鑑にパリとセーヌに捧げられた美しきエッセイ『ポン＝ヌフ』を、偉大なる若き盟友インドリヒ・ハイズレルへの献辞入りで発表。
4月14日：パリのミラドール画廊で開催されたスペインの素朴派の画家ミゲル・ガルシア・ビバンコス展開幕。この日は、旧スペイン共和国宣言の9周年に当たり、元革命派の闘士であったビバンコスにふさわしい日として、ブルトンはカタログ序文でオマージュを捧げる。
5月16日：『コンバ』誌に、フランシス・デュモンによるインタビュー「アンドレ・ブルトン、《スターリニズムに他ならない以上、もはや共産主義に期待するものは何もない》」が掲載される。
6月13日：『コンバット』誌に、共産党の公式代表詩人であるエリュアールへの公開書簡を送る（アラゴンは共産党文化相）。1935年にエリュアールと共に知り合ったチェコのシュルレアリストで大臣であるザヴィス・カランドラが、スターリンの粛清にあい、その助命嘆願をエリュアールに呼びかけたが、エリュアールは、有罪の人間を相手にしないという冷淡な返答をよこし、結局、トワイヤンの同士でもある

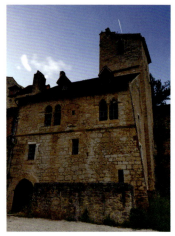  

カランドラは処刑された。
7月7日：ブルトン編集・企画による《レヴェラシオン（啓発）叢書》の第1冊目として『ローズ・ホテルの夜』刊行。以後、ジャン・フェリー、アルチュール・クラヴァン、アルフレッド・クービン、ペレらを刊行する予定だったが、一冊きりで中絶した。
7月：昨年発見していた中世の村、サン=シル=ラポピーに半ば廃屋となった13世紀の家を購う。ロット川の船頭の宿だった家で、翌年に友人たちが修復を手伝い、以後、毎夏この家で休暇を過ごすことになる。
夏：『カイエ・ド・ラ・プレイヤード』誌第10号に、サン=ジョン・ペルスへのオマージュ「贈与者」を発表。
8月30日：同年6月に収録されたジャン=ルイ・ベドゥアンとピエール・ドマルヌによるインタビューが、ラジオ番組「今日、シュルレアルスムは？」と題して放送される。ギリシャ・ラテン文明を断罪し、人類の運命を危惧した異色のインタビュー。
9月：マドリッドの『コレオ・リテラリオ』誌に、ホセ・M・バルベルデによるインタビュー記事が掲載。フランコ独裁下のスペインを意識した内容。
11月：パリのボーザール画廊で開かれたルフィノ・タマヨ展にカタログ序文を発表。同月、翌年にパリのピエール画廊で開催されるヴォルフガング・パーレン展に、カタログ序文「大道の交叉点にいる男」を執筆。

1951（55歳）

1月5日～20日：パリのクルーズ画廊で開かれたセーグル展にカタログ序文を発表。
2月28日：シュルレアリストの集会参加者でカトリックの信奉者ミシェル・カルージュがシュルレアリスムを賞讃する著作を発表し、講演を行った際、これに不満を持つアンリ・パストゥロー、パトリック・ワルドベルグらが反対ビラを配り妨害、翌々日、ブルトンはパストゥローを批判したので、パストゥローは文書でブルトンの姿勢に反論（カルージュ事件）。
3月16日：ペレと共にパンフレット「パストゥロー事件とその詳細」を配布、集会においてパストゥロー、ワルドベルグらが除名、カルージュは追放される。またもや運動存続の危機。
5月26日：集団宣言「高周波」を発表、カルージュ事件を総括し、シュルレアリスムは、キリスト教などいかなる宗教とも両義性を持つものではなく、あらゆる宗教は人類の執拗な敵であると宣言。
9月：ジャック・ドゥーセ図書館でジェルマン・ヌーヴォー展開催、ヌーヴォーを賞讃するカタログ序文を発表。
10月：アド・キルー、ロベール・ブナイユン、ジョルジュ・ゴルドファンらシュルレアリストが編集する雑誌『映画時代』に、映画観を体験的に綴ったエッセイ「森のなかでのように」を発表。同月、アナキスト連盟の機関誌『リベルテール』に、シュルレアリストたちが起草・署名した「前提とした宣言」を発表、東西両陣営への敵対と現代世界の再建への期待を表明、組織的な協力を開始し、53年1月までシュルレアリストが書くコラム欄が開設される。
10月12日：アルベール・カミュのエッセイ「ロートレアモンと平俗」に憤激し、『アール』誌に「黄色い砂糖」を発表、カミュの詭弁と出口なきペシミズム、保守反動的姿勢を批判。「反抗が一度その情熱的内容を骨抜きにされてしまったら、いったい後に何が残るというのだろうか」。
10月24日：『オペラ』誌に、アンドレ・パリノーとの対談を掲載。文学・芸術作品の経済至上主義による品質低下を批判し、「20世紀に誕生した《画廊》の介在と、唯一の行動原理になっている金儲け主義的投機は、芸術家と愛好家との関係を歪めずにはおかないものです。…真の革新者は、流行上の理由で、商人と批評家によっていかなる道も禁じられており、世に認められる機会がほとんどないのです」と発言。
11月2日：『アール』誌に「アルフレッド・ジャリ、先導者にして照明者」を発表。

1952（56歳）

1月11日：『アール』誌に「なぜ彼らは我々に現代ロシア絵画を隠すのか」を発表、スターリニズム体制下の社会主義リアリズムを徹底批判、アラゴンと論争になる。同日、『リベルテール』誌に「明るい塔」を発表、独自のアナキズム観を披歴。
3月～6月末：毎週、アンドレ・パリノーとのラジオ対談番組が放送される。若き時代から現代までを回想、シュルレアリスムを歴史的に

語る。同年にガリマール書店から『対談集』として刊行。
5月1日：ブルトンは再度「精神的根絶の手段としての《社会主義リアリズム》」でアラゴンに反論する。スターリン賞を受賞した絵画が墓場の芸術と化した今日、ブルトンの批判が実証されたことになる。
5月15日：『アール』誌に「近代美術館における125点の傑作」を発表。
7月：サン＝シル＝ラポピーにヴァカンスに出かける途中、郵便配達夫シュヴァルの理想宮を再訪。
8月：カブルレ洞窟の先史時代の素描を指で軽く触れたところ、素描が消えてしまい、「歴史的記念物損壊罪」で告訴される。翌年、裁判で多額の罰金と損害賠償を命じられるが、ルネ・コティ大統領の当選による恩赦で落着する。
10月18日：アンドレ・パリノーの司会で、ブルトン、ポンジュ、ルヴェルディの対談がラジオで放送。のち『アール』誌にその番組の記録が「我々にふさわしい唯一の社会で生きるために、我々は貧困を選んだ」というタイトルで掲載される。
10月〜翌年1月：毎週月曜の夕刻、サン＝ジェルマン通りの地理学協会ホールで行われた錬金術に関するルネ・アローの講演に通う。ルネ・アローは、後年、錬金術的実験とシュルレアリスムの詩的実験との類似を明らかにした。
11月：ジャン・シュステル責任編集による第一次『メディウム』誌が月刊冊子として翌年6月まで刊行。
11月18日：10月のピエール・マビーユの死（48歳）に続き、エリュアール死去（56歳）。「確かに、私は親しかった友人たちのうちのある者から離れなければならなかったし、またある者は私のもとを去った。彼らの思い出は長い間私につきまとい、未だに時折その記憶が私に襲いかかるような友人もいる。隠さずに言えば、その度ごとに傷口が開くのだ」（パリノーとの対談より）
12月5日：プレ＝オ＝クレール通りに、ルネ・アローの命名で画廊「封印された星」が開設。エルンスト、マン・レイ、ラムらの展覧会開催。
12月19日〜翌1月15日：コレット・アランディ画廊でピカビア展開催、カタログに彼への手紙文を発表。

1953（57歳）

1月4日：期待のシュルレアリスト、インドリヒ・ハイズレルが38歳で死去。全面的にシュルレアリスムのために生きた人物として満腔のオマージュを捧げる。
1月23日〜2月10日：画廊「封印された星」でシモン・ハンタイ展開催、カタログ序文を発表。
3月：パリのソクロヴァ書店刊行の小画集『トワイヤン』に「トワイヤン作品への序」を書き、シュティルスキー、カランドラ、カレル・タイゲ、ハイズレルと続く死のあと、チェコ・シュルレアリストのただ一人の生き残りであるトワイヤンにオマージュを捧げる。
5月：画廊「封印された星」でトワイヤン展。カタログに「トワイヤン作品への序」を掲載。
7月：シュルレアリスムのゲーム「互いの中の互い」を考案、サン＝シル＝ラポピーで、夏の間中、続けられる。
8月：サジテール書店から、1935年から52年までの未刊行評論集『野の鍵』を刊行。ロリアンに帰郷後、ジャリの生地、ラヴァルに立ち寄る。
11月：第二次『メディウム』誌刊行（4号まで）。創刊号は画家シモン・ハンタイの特集。ブルトンは、ジェルマン・ヌーヴォー『詩作集』へのJ・ブレネルの貧弱な紹介を批判した「愛する術を知れば足りる」を発表。
11月30日：フランシス・ピカビア死去（74歳）。
12月：ピカビアの墓の前で、この現代精神の先駆者へのオマージュ「別れの言葉は気に入らない」を読む。ブルトンは終生、年長の友ピカビアの人間的魅力と作品を賞讃し続けた。

1954（58歳）

1月：『形而上学雑誌』1〜2月号に、キリコの絵画「子どもの脳」についての考察を書く。
2月：『メディウム』第2号：特集ウォルフガング・パーレン刊行。
3月1日：ジョイス・マンスール（25歳）から処女詩集『絶叫』を献呈されたことを受け、その感想を手紙で返事する。以後、二人は出会い、彼女は積極的に運動に参加。終生にわたる親密な関係が始まり、1956年頃から亡くなる年まで約10年間、妻エリザの公認のもと、毎日のように二人で蚤の市や街路を散策する（2014年刊、『ある女性シュルレアリストの生涯─アンドレ・ブルトンの共犯者』マリー＝フラ

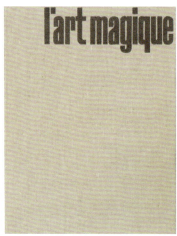

ンシーヌ・マンスール著より)。
5月：『メディウム』第3号：特集マックス・ワルター・スワンベリ刊行。「スワンベリ讃」を発表。
6月14日：『コンバ＝アール』誌に「ある霊媒画家、ジョゼフ・クレパン(1875～1948)」を発表。
8月11日：ランスロ・ランジェルの書『メダイユにあらわれたガリア芸術』に触発され、『アール』誌に「ガリア芸術の勝利」を発表。
夏：エリザの英国滞在中、パリで『魔術的芸術』の執筆を開始、知識人へのアンケート調査に取りかかる。
11月：ペレの紹介で、圧政下のザグレブから逃れたラドヴァン・イヴシック(33歳)と知り合う。以後、イヴシックはブルトンの助力者として献身的に運動に参加。トワイヤンと共に一党独裁共産主義の弾圧を肌身で知る者として、終生の友となる。
11月18日～12月6日：画廊「封印された星」でのハンガリー出身の女性画家ユディト・レーグル展にカタログ序文を発表。
12月：ベネチアのビエンナーレでエルンストが大賞を受賞、これがシュルレアリスト・グループで問題になり、ブルトンはエルンストを一旦擁護するが、集会の意見の大勢により、エルンストの除名が決定される。
ジャン＝ジャック・ポーヴェール刊行『放浪者メルモス』再版の序文「メルモスの位置」発表。

1955（59歳）

1月：『メディウム』第4号（最終号）：特集ウィフレッド・ラム刊行。同誌に、《ひまわりの夜》、アポリネールの負傷を事前に描いたキリコの絵、後に事故で片目となるブローネルの絵の眼球摘出への強迫観念などを例に、客観的偶然をテーマにしたエッセイ「つり橋」を発表。同月、『吃水部におけるシュルレアリスム』を書き、『シュルレアリスム宣言集』再版に加えられる。
2月8日～28日：画廊「封印された星」でのジャン・ドゴテクス展にカタログ序文「雲のなかの剣、ドゴテクス」を発表。
2月18日～4月2日：パリの教育博物館で開催された「ガリア芸術の永続性」展の企画に、シャルル・エティエンヌと共に参加。展示カタログに「ガリアからの贈り物」を発表。
3月18日～4月10日：画廊「封印された星」でのスワンベリ展にカタログ序文「ヴァイキングの女」を発表。彼の絵画「奇妙な出会いの奇妙な妊娠」を賞讃。
5月11日：ジョルジュ・ダリヤンの小説『盗人』再版刊行を受け、『アール』誌に「呪われたダリヤン」を発表。
6月：画廊「封印された星」でのルネ・デュヴィリエ展にカタログ序文「引き綱をかけるデュヴィリエ」を発表。
夏：エリザと共にアルザス地方と少年期の思い出深いシュヴァルツヴァルトに旅行後、サン＝シル＝ラポピーに逗留、ブルターニュの故郷ロリアンで過ごす。
11月10日：父ルイ・ブルトンが88歳で死去。ロリアンでの埋葬に出席し、相続手続き。
11月10日～30日：画廊「封印された星」で開催されたジョゼフ・クレパン展に、前年書いたオマージュをカタログに発表。
11月：「アルジェリア戦争反対フランス知識人行動委員会」に参加。同月、『サン＝ジャックの塔』誌に「日々の魔術」を発表。

1956（60歳）

1月21日：ジェラール・ルグランによって起草された、植民地主義とファシズムに抗議するシュルレアリスト文書「危険水位」に署名、「アルジェリア戦争反対フランス知識人行動委員会」への参加を呼びかける。
1月27日～2月17日：画廊「封印された星」でのピエール・モリニエ展にカタログ序文を発表。
2月：パリのクレベール画廊で開催された女流画家マルセル・ルブシャンスキー展にカタログ序文を発表。
3月5日：『コンバ＝アール』誌に、サルトルら実存主義を糾弾する文書「打倒、悲惨主義！」を発表。
3月17日：コロンブス到着以前のアメリカ大陸のオブジェ展で、女性映画作家ネリー・カプラン(29歳)と出会う。
4月12日：ジャン・シュステル起草、ブルトンが手を入れた集団アピール「次は血塗られた制服どもの番だ」を発表。一貫してスターリニズムに反対してきたシュルレアリスムの立場の明確化と、フランス共産党の官僚主義を糾弾した。
5月3日：無名の19世紀オーストリアの画家、アロイス・ツェートルの水彩画の大規模な競売展覧会にカタログ序文を発表。

10月：ブルトン主宰、シュステル編集長でシュルレアリスムの新たな機関誌『シュルレアリスム・メーム』をジャン＝ジャック・ポーヴェールから創刊（5号まで刊行）。
11月：ソ連のハンガリー侵攻に抗議、シュルレアリスムの集団アピール「ハンガリー、昇る太陽」を発表。
12月：「アルジェリア戦争反対フランス知識人行動委員会」で、アルジェリア革命とハンガリー革命を同時に支持、共産党やサルトル一派の議事妨害にもかかわらず、会議の過半数の同意を獲得。さらに革命思想の解放、社会主義思想の民主化を要請する「革命的知識人国際サークル」の結成を呼び掛け、エメ・セゼールらが参加した。

1957 （61歳）

2月12日：バタイユの講演「エロティシズムと死の魅惑」に、マッソン、ベルメールと共に参加。
2月25日〜3月9日：ハンガリーからの亡命画家、エンドレ・ロジュダ展にカタログ序文を発表。
3月：ネリー・カプランとの再会により、彼女との日常的な散策が始まる。
4月：『シュルレアリスム・メーム』誌春号（2号）を表紙デザイン：ピエール・モリニエで刊行。
5月25日：およそ4年に及ぶ準備と努力の末、ジェラール・ルグランとの共著『魔術的芸術』を、フランス・ブッククラブから会員限定版で刊行。
7月30日：ネリー・カプランとの情熱的な友愛の破綻。
8月11日〜9月4日：エリザがギリシャへ旅行中、ブルターニュのウェッサン島に滞在、ペレ、トワイヤン、ジェラール・ルグラン、シャルル・エティエンヌらと過ごす。
10月：『シュルレアリスム・メーム』誌秋号（3号）が刊行され、エッセイ「石のことば」、19世紀初頭の女性解放運動家へのオマージュ「フロラ・トリスタン」を発表。
11月4日〜19日：パリのオルセー画廊で開催されたヤーヌ・ル・トゥームラン展にカタログ序文を発表。

1958 （62歳）

3月7日〜4月12日：画廊「洗濯船」で、ブルトンの助言により「象徴派素描」展が開催され、カタログに「序文―宣言」と題して発表。フィリジェやムンクなどを再評価。
4月：『シュルレアリスム・メーム』誌春号（4号）を表紙デザイン：ハンス・ベルメールで刊行。
4月30日〜5月10日：パリのフェルスタンベール画廊で開催されたトワイヤン展の小冊子に「夢遊病の女」を発表。
5月：ド・ゴール将軍による政権奪取を糾弾する声明「ド・ゴールは本性を表した」を発表。
7月14日：ジャン・シュステルとディオニュス・マスコロが創刊した『7月14日』誌に、「もうたくさんだ」という声明を発表、ド・ゴールの権力集中とアルジェリア政策を糾弾。
10月7日〜28日：ブルターニュの若き画家、イヴ・ラロワ展にカタログ序文を発表。
11月15日：ジェラール・ルグラン主宰、ジャン＝クロード・シルベルマン編集の大判の機関誌『ビエフ』をエリック・ロスフェルドから創刊。
12月：ミロの22点に及ぶ油彩連作『星座』のために『ルイユ』誌に「ミロの星座」を発表。同月、アナキストの集会で、良心的兵役忌避者を擁護するための講演を行う。

1959 （63歳）

冬：シュルレアリスト・グループで「証明書」と呼ばれるゲームが続けられる。
2月：パリのラ・クール・ダングル画廊で開催されたキューバの画家アグスティン・カルデナス展にカタログ序文を発表。
3月：ミロとの詩画集『星座』がピエール・マチスから刊行される。

  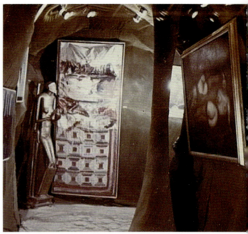

3月14日：依頼により、「ロベール・デスノスについて」を書く。
4月：『シュルレアリスム・メーム』誌春号（5号最終刊）を表紙デザイン：ハンス・アルプで刊行。
6月初め：ラドヴァン・イヴシックの助力により、19世紀ポーランドのロマン派詩人で、ロシア帝国主義からの独立を目指して闘ったアダム・ミツキェヴィチ（1798～1855）にオマージュを捧げるメッセージを、ポーランドの知識人向けに録音。ポーランドのラジオは、この録音を2回放送した。
8月：サン＝シル＝ラポピーから、来るシュルレアリスム国際展（テーマ：エロス）の招待状を関係者に郵送。
9月18日：40年にわたる長年の同士、バンジャマン・ペレが病により死去（60歳）。
9月23日：ペレの葬儀の前日、『火の塔』誌の依頼で、アントナン・アルトーについて語る。
9月24日：ヴォルフガング・パーレン自殺（54歳）。
10月2日：ジャン＝ピエール・デュプレーが遺稿をブルトンに託したのち、首吊り自殺（29歳）。相次ぐ友の死による深い悲嘆と孤独。
12月2日：ジョイス・マンスールのアパルトマンで、ジャン・ブノワによる「サド侯爵の遺言執行式」を挙行、ブルトンはサドの遺言を読み上げ、ブノワとマッタは赤く熱した焼きごてで、胸にSの文字を焼き付けた。
12月15日～翌2月15日：ダニエル・コルディエ画廊でシュルレアリスム国際展（テーマ：エロス）開催。カタログ序文を書き、そこでバタイユの『エロティシズム』を高く評価。同カタログに「ジャン・ブノワ、ついに大いなる儀式をはたす」を発表するとともに、シュルレアリストの共同編纂『エロティスム簡略辞典』を収録。さらにカタログ別冊にマンディアルグの逸品『満潮』を収録。

1960（64歳）

3月5日：バタイユがその著『エロスの涙』刊行にあたって、編集者ロー・デュカに、この著は長年にわたるブルトンとの相互理解につながるものと記す。
4月：『ビエフ』誌に、トロツキーとナタリヤ婦人にオマージュを捧げた「オルリーから離れて」を発表。同月、サニアとジョイス・マンスールの別宅のあるパリ近郊のル・デゼール・ド・レッツで、シュルレアリストが集合、仮面による遊戯実践。
5月28日：シュルレアリストの共同起草パンフレット「弾幕射撃」を発行。あらゆる体制と闘うためのグループ再結集を確認。主な署名者に、ブルトンの他、ジャン・ブノワ、イヴ・エレウエ、ジョルジュ・ゴルドファン、ラドヴァン・イヴシック、ジェラール・ルグラン、ジャン・シュステル、ジャン＝クロード・シルベルマン、ロベール・ブナイユン、アドリアン・ダックス、アラン・ジュベール、ジョイス・マンスール、ジュアン・マイユー、ミミ・パラン、ジョゼ・ピエール、トワイヤン。
6月：コクトーに「詩の王」（文学賞）の称号が与えられることを、選考委員としてジャン・ポーランと共に拒否。大がかりなアンケートを行うことにより、死去したばかりの象徴派世代を代表する最後の詩人ポール・フォール（1872～1860）に授与することに成功。
9月1日：自らが発起人となり、ブランショ、シュステル、マスコロ起草の「アルジェリア戦争における不服従の権利に関する宣言」（「121人宣言」）を発表。この宣言がフランス政府の怒りを買い、29名の知識人が逮捕されるや、予審判事に断固対決の手紙を送る。
11月：レーモン・コルディエ画廊で開催されたル・マレシャル展にカタログ序文を発表。
11月28日：ブルトンとデュシャン指揮のもと、ニューヨークのダーシー画廊で「魔法の領域へ侵入するシュルレアリスム」展を開催。
12月：ライナー・フォン・ホルテン著『ギュスターヴ・モローの幻想芸術』に、モローを讃するエッセイを発表。同月、20世紀美術の雑誌に、カナダのブリティッシュ・コロンビア州の仮面展に寄せたエッセイ「仮面のフェニックス」を発表。
オーストリアの作家、オスカル・パニッツァの戯曲『愛の公会議』（ジャン＝ジャック・ポーヴェール刊）序文を書く。
年末、1955年以来、グループの会合場所だったカフェ《ミュッセ》（エシェル通り5）から、カフェ《プロムナード・ド・ウェヌス》（ルーヴル通り44）へ場所を移す。最後の会合場所となる。

1961（65歳）

4月17日：『フィガロ・リテレール』誌に、ガガーリンの最初の宇宙有人飛行についての感想を問われ、神話の無効への危機感と奥深いラ

ンボー論を書く。
4月：前年の「121人宣言」により、逮捕の危機が迫ったため、友人らの避難勧告を受け、ラドヴァン・イヴシックの家に数週間、避難するが、若者を中心とする世論が動き、政府は手を引く。
4月～5月：レーモン・コルディエ画廊で開催されたスワンベリ展にカタログ序文を発表。
5月：ジョゼ・ピエールらの企画により、ミラノのシュヴァルツ画廊で「シュルレアリスム国際展」開催。イヴ・ラロワ、ミミ・パラン、ジャン・ブノワ、ル・マレシャルら約20名を展示。同月、現存する10名の最良の画家を選ぶよう求めてきた『コネッサンス・デ・ザール』誌に対し、ブローネル、ドゴテクス、アルトゥング、ラム、ラピック、マグリット、マッタ、ミロ、スワンベリ、トワイヤンの名を挙げる。
9月28日～10月27日：ロンドンのオベリスク画廊で開催のルネ・マグリット展にカタログ序文を発表。
10月：自ら編集長となり、ブナイユン、ルグラン、ジョゼ・ピエールの編集のもと、シュルレアリスム機関誌『ブレッシュ』を創刊。同誌に「彫刻家アンリ・ルソー？」を寄稿し、同年2月にシャルパンティエ画廊で開催されたルソー展で、彫刻作品が贋作であることを一目で見抜いた顛末を書く。
11月2日：『コンバ＝アール』誌に、「パブロ・ピカソ──80カラットの……だが瑕が」を発表。ピカソの芸術の歴史的偉業を賞讃する一方、戦後、物質的富を蓄積し、権力と妥協するようになったピカソの姿勢に異を唱えた。
12月：アレス社から、テクスト『A音』をジャン・ブノワのオリジナル石版画1葉を付して限定出版。

1962 (66歳)

1月29日：トロツキー未亡人ナターリャの葬儀で弔辞を読む。
3月5日：『コンバ＝アール』誌に「羅針盤」と題して、芸術作品の商業的制度を批判、「最高の尊厳を持つ芸術」の再建を呼びかける。
5月：ピエール・マビーユの『驚異の鏡』再版に序文「ポン＝ルヴィ」を発表。『ブレッシュ』第2号刊行、トロツキー未亡人への弔辞を掲載。
7月8日：ジョルジュ・バタイユ死去(64歳)。
8月：マドレーヌ・シャプサルによるインタビュー。「私は《職業作家》として書いてはいないし、これまで一度も書いたことはない」と発言するとともに、バタイユの死を哀惜する。
9月：『ブレッシュ』第3号刊行、「ポン＝ルヴィ」を掲載。
10月18日：オスカル・パニッツァへのオマージュと題したホルヘ・カマッチョ展で、ラドヴァン・イヴシックが、神への反逆をテーマに、ブルトンやロジェ・ブランの声明をモンタージュした録音テープを流す。
10月：ジル・エールマンの写真アルバム《霊感を受けたもの、彼らの住居》の序文「見晴らし台」を発表。
11月：エリザがアルゼンチンやチリへ旅行。その間、たびたび夜間に呼吸困難に陥る。同月、オーストラリア原住民の絵画に捧げられたカレル・クプカの作品『未開地域における芸術』の序文「最初の手」を発表。
11月15日：モナ・リザ画廊で開催されたクロアチアの画家スクリャーニ展初日に、ラドヴァン・イヴシックの紹介でスクリャーニを知り、魅力的な絵と賞讃。
12月25日：『ナジャ』全面改訂を終え、序文を書き上げる。
『シュルレアリスム宣言集』新版をジャン＝ジャック・ポーヴェールから刊行。三つの宣言の他に、「シュルレアリスムの政治的位置」「溶ける魚」「女見者への手紙」「吃水部におけるシュルレアリスム」を収録。後世への遺言の意図を示す。

1963 (67歳)

2月：『ブレッシュ』第4号刊行、「最初の手」を掲載。
4月：『コンバ＝アール』誌に、エドゥアール・ジャゲール、ジョゼ・ピエールとともに「列に戻れ、気をつけ！」を発表、《サロン・ド・メ》が絵画の「主題への回帰」を推奨したとして批判。

   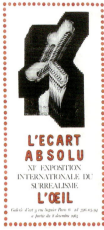

5月：ガリマール書店から『ナジャ』全面改訂版を刊行。
7月：イタリアの画家エンリコ・バイの絵画へのオマージュを『ルイユ』誌に発表。
10月：『ブレッシュ』第5号刊行、運動開始後40年を過ぎたシュルレアリスムについて語った「等角投像」を発表。

1964（68歳）

4月23日：パトリック・ワルドベルグがシャルパンティエ画廊でシュルレアリスム絵画の回顧展を開催する前日、『コンバ＝アール』誌に、「清算人に対して」と題する文書で開催に反論。「運動は決して歴史に埋没するものではなく、シュルレアリスムのグループ展は常に時代の諸課題を考慮に入れて方向づけられるものである」。
5月8日〜31日：パリのマティアス・フェルス画廊で開催されたカマッチョ展にカタログ序文「カマッチョの立ち向かう熱帯林」を発表。
5月15日〜6月30日：米国リトルロックのアート・センターで開催されたマグリット展にカタログ序文を発表。
7月：『ブレッシュ』第6号刊行。
11月18日〜12月31日：パリのモナ・リザ画廊で開催された「シルベルマン、陰険な看板」展にカタログ序文「この代価を払えばこそ」を発表。
12月3日：パンフレット「家具におけるポエジー、シュルレアリスム運動のメッセージ」に「ウーゴ・ステルピーニとファビオ・デ・サンクティス」を発表、イタリアの特異な《家具》のオブジェ製造者2人へのオマージュ。
12月10日：ギー・デュムールによるインタビュー。ポップアートの商業的隷属性や、スターリニズムの重い負債を背負ったフランス左翼の困難に言及。
12月：『ブレッシュ』第7号刊行、「ストックホルムへの警告」を載せ、サルトルのノーベル文学賞辞退に伴うソ連への好都合な宣伝活動を厳しく非難する。同誌にアニー・ル・ブラン（22歳）初登場、詩を発表。

1965（69歳）

2月：パリのゾンナベント画廊で開催されたコンラート・クラフェック展にカタログ序文を発表（生涯最後の紹介文）。
10月：ガリマール書店から『シュルレアリスムと絵画』（1928〜65）増補改訂新版を刊行。
11月：『ブレッシュ』第8号（最終刊）を刊行。
12月：ルイユ画廊で最後のシュルレアリスム国際展「絶対の逸脱」展を開催。シャルル・フーリエの言葉に因むテーマで、カタログ序文を発表するとともに、現代の商業的消費社会の仮面を剥ぎ取る最後のメッセージを伝える。

1966（70歳）

1月：エリザがロンドンへ行っている間、重い呼吸困難に苦しむ。
早春：エリザとパンポン、キブロン、ドゥアルネーなどブルターニュの愛する地で静養。新たな機関誌『アルシブラ』発行の準備。
4月19日：左翼陣営がトロツキー思想を援用しつつ、FIARI（独立革命芸術国際連盟）の再建を企て、シュルレアリスムに参加を提案したことに対し、「現時点では不可、方法的にも不可」という声明を発表。最後の公式の政治的態度表明となる。
5月16日：ジャン＝ジャック・ポーヴェールから『黒いユーモア選集』再版をブルトン序文付きで刊行。
7月：旧友の哲学者フェルディナン・アルキエの主催により、スリジー＝ラ＝サルで、10日間にわたるシュルレアリスムのシンポジウムが開催される。ブルトンは病を理由に参加を断ったが、詩、自由、黒いユーモアなど、それぞれのテーマごとに友人にスピーチを依頼。特に、黒いユーモアを依頼した最若手のアニー・ル・ブランのスピーチ原稿を見て、彼女を絶讃。
7月末：エリザ、トワイヤンとともにサン＝シル＝ラポピーへ静養に向かう。
8月28日：ラドヴァン・イヴシックがサン＝シル＝ラポピーに到着。以後、エリザ、トワイヤン、イヴシックと過ごす。
9月1日：トワイヤンの絵に霊感を受けて書かれたイヴシックの散文詩『塔のなかの井戸』を読み感嘆。イヴシックに、若き頃ヴァレリー

が語った詩論を伝授。
9月23日：古参の盟友ジュアン・マイユーが、仏南部コレーズから見舞いに来訪。ブルトン、熱烈に歓待。
9月27日：ブルトン自ら救急車に乗り込み、エリザとイヴシックが同乗、パリの自宅へ向かう。途中、救急車を下車して、沈みゆく朱の太陽を見つめ「ロートレアモンの本当の大きさとはどんなものか？」とイヴシックに問う（おそらく最期の言葉）。救急車に再乗車以降、落日とともに昏睡。夜、パリの自宅に到着するが、すでに意識不明、ラリボアジエール病院へ搬送。

9月28日早朝：ラリボアジエール病院で、肺気腫による呼吸不全により死去。10月1日、バティニョル墓地で葬儀。ブルトンに敬意を表する多数の若者たちなど約五千人が参加。

死亡通知は、アンドレ・ブルトン／1896〜1966／「私は時の黄金を探す」(Je cherche l'or du temps)

主要参考文献

André Breton Œuvres complètes 1-4, Gallimard, 1988, 1992, 1999, 2008.
André Breton, La beauté convulsive, Centre Pompidou, 1991
André Breton–42, rue Fontaine, Calmels Cohen, 2003
Henri Béhar; *André Breton—le grand indésirable*, Calmann-Lévy, 1990
Mark Polizzotti; *Revolution of the mind—The life of André Breton*, Farrar, 1995
Gérard Durozoi; *Histoire du mouvement surréaliste*, Éditions Hazan, 1997
André Breton; *Entretiens (1913-1952) avec André Parinaud*, Gallimard, 1952
Jean-Louis Bedouin; *Vingt ans de surréalisme 1939-1959*, Denoël, 1969
Charles Duits; *André Breton a-t-il dit passe*, Les Lettres nouvelles, 1969
André Pieyre de Mandiargues; *Troisième Belvédère*, Gallimard, 1971
Alexandrian; *Breton*, Éditions du Seuil, 1971
Philippe Audouin; *Les Surréalistes*, Éditions du Seuil, 1973
Marguerite Bonnet; *André Breton. Naissance de l'aventure surréaliste*, José Corti, 1975
Gérard Legrand; *André Breton en son temps*, Le Soleil Noir, 1976
Alain et Odette Virmaux; *La Constellation surréaliste*, La Manufacture, 1987
Mary Ann Caws; *André Breton*, Twayne Publishers, 1996
Alain Joubert; *Le Mouvement des Surréalistes*, Maurice Nadeau, 2001
Georges Sebbag; *André Breton, L'Amour Folie : Suzanne, Nadja, Lise, Simone*, J.M.Place, 2004
Radovan Ivsic; *Cascades*, Gallimard, 2006
Robert Kopp; *Album André Breton*, Gallimard, 2008
Dominique Berthet; *André Breton, l'Éloge de la rencontre*, Herve Chopin, 2008
André Breton; *Lettres À Aube (1938-1966)*, Gallimard, 2009
Jean-Paul Török; *André Breton ou la Hantise de l'Absolu*, L'Harmattan, 2011
Gilbert Guiraud; *André Breton*, L'Harmattan, 2012
Dictionnaire André Breton, Classiques Garniers, 2013
Marie-Francine Mansour; *Une Vie Surréaliste Joyce Mansour, complice d'André Breton*, France-Empire, 2014
Radovan Ivsic; *Rappelez-vous cela, rappelez-vous bien tout*, Gallimard, 2015
André Breton; *Lettres À Simone Kahn (1920-1960)*, Gallimard, 2016
『アンドレ・ブルトン伝』アンリ・ベアール著　塚原史、谷昌親 訳、思潮社、1997．
『ブルトン、シュルレアリスムを語る』　稲田三吉、佐山一 訳、思潮社、1994．　ほか

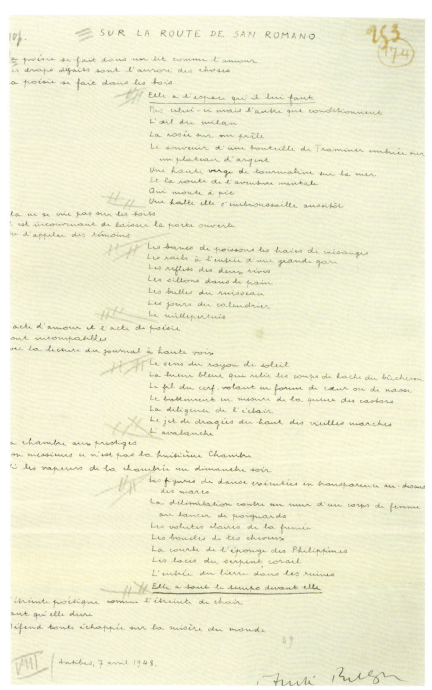

「サン・ロマノの途上で」自筆原稿

「地の光」を想い視て──解題に代えて

　本書『等角投像』は、主に晩年のアンドレ・ブルトンに焦点を当て、さらに詳細な年譜を付すことにより、没後50年を機に、人間・アンドレ・ブルトンの姿を明るみに出し、その思想と行動、情熱と信念と託された遺志を、後世に伝える端緒となるよう編集したものである。ただこの一冊で全貌を解き明かすのは無理というもので、そのエキスとなる一端を効果的に読者に伝えることができれば幸いと考えている。

　ご承知のように、わが国では、1920年代、30年代のシュルレアリスムについては、かなり紹介されているものの、第二次大戦後、特に1953年以降のアンドレ・ブルトンの動向については、極端に紹介事項が少ない現状にある。しかし、晩年のブルトンが生きた時代は、その社会構造や世界情勢、芸術動向等において、現代と直接的に地続きにあると考えられ、その時代に彼がどのように考え、行動したかは、極めて興味深く、21世紀に生きる我々に少なからぬ示唆を与えてくれる。

　そうしたことから、このたび、この限られたページのなかで、ブルトンの遺言ともいうべきテクスト、つまり、最晩年の1960年代、発表が極端に少なくなり、おそらく自らの死期を悟った頃に書かれたもののなかで、最も貴重と思われるテクスト『等角投像』、『この代価を払えばこそ』を収録した。

　さらにブルトンは戦後、数々の対談をこなしているが、その最後となる二つの対談を本邦初紹介した。彼は対談に臨んで、事前に質問を受け付け、周到に回答を書いて準備することで知られており、いわば一つのテクストとして読めるものである。これも彼の後世への遺言と言ってよく、1962年に『シュルレアリスム宣言集』再版、翌63年には『ナジャ』改訂版を刊行したことからも、彼は確実に死期を悟っていたことが窺える。

　そしてブルトンの理想の書棚を紹介することにより、晩年のブルトンの思想的深化を裏打ちするその全人格的な教養の深さ、秘教的傾向をたどり、そしてまた、戦後に紹介し続けたアーティストの作品をカラー画像で披瀝することで、彼がいかに曇らぬ心の眼を有していたか、いかに商業主義に対抗してきたかを感じていただければ幸いである。

　最後にブルトンの詳細な年譜を付したが、彼の個我を超越した烈しい闘いと希求の人生を、一つの稀有な物語を読むようにたどってほしいと思っている。従来の年譜は戦後の事項が手薄であったので、特に晩年の事項について充実させた。なぜなら、第二次大戦後、世界に対する

ブルトンの危機意識は格段に尖鋭化され、いわゆる《唯物論》から《秘教的唯心論》へ深化を遂げながら、多方面に闘いを繰り広げざるを得ず、その獅子奮迅・孤軍奮闘のめまぐるしい事績がわが国ではあまり知られていないからである。

翻訳については、鈴木和彦氏が「等角投像」、「マドレーヌ・シャプサルによるインタビュー」、「ギー・デュムールによるインタビュー」を担当し、それ以外の訳、用語の統一等、諸修正は私が担当した。

以下、編集した個々のテクストについて解説を付しておく。

「等角投像」 Perspective Cavalière ——1963年10月、機関誌『ブレッシュ』第5号初出、1970年、ブルトン没後に1953年以降の発表作を編纂した評論集『等角投像』（ガリマール書店刊）所収。表題は、カバリエ投影法とも訳され、正立方体を斜め上から俯瞰し、奥行きを45℃の角度で描く斜投影図の一種のことである。すでに死期を悟っていたブルトンは、自らが興したシュルレアリスムを振り返り、そのロマン主義勃興からの精神的歴史を、まさに投影法のごとく俯瞰している。文学史に表れた表層的な事象を拒否し、その核となる精神史を正確に読み取った貴重なエッセイである。『シュルレアリスム革命』誌を刊行していた1920年代という、まだしも生き易い時代ではなく、『ブレッシュ』誌を刊行中の60年代においては、さらに人間の実存が隷属状態にあり、困難の度合いが違うこと、革命という理想以前に、まずはブレッシュ、つまり裂け目、突破口への熾烈な希求を失ってはならず、その精神の継承は、ロマン主義と同様、精神の高揚の度合いにかかっていると説いたことは、われわれ現代人にとって極めて重いメッセージであろう。「シュルレアリスムは、青春の天才をあくまで無制限に信じることから生まれた」。晩年に至って、この言葉を繰り返したブルトンが、最も重きを置いていたのは、まさに精神の高揚の度合い、精神の在り方であった。

「この代価を払えばこそ」 A ce prix ——1964年11月18日から12月31日まで、パリのモナ・リザ画廊で開催された「シルベルマン、陰険な看板」展のカタログ序文初出、1965年、『シュルレアリスムと絵画』増補改訂新版（ガリマール書店刊）所収。シルベルマンの看板等オブジェ作品群が、現代社会への批判と諷刺をテーマにしていたことから、ブルトンは、シルベルマンにオマージュを捧げつつ、「詩、愛、そして自由」という消えることなき三つの刻印を、現代社会に対応・批判するかたちで訴えている。発表当時、表題「この代価を払えばこそ」は副題であったが、その内容から本書では、あえて副題を表題に据えたことをお断りしておきたい。最晩年のブ

ルトンの大きな憂慮の一つは、愛と性における性急なタブーの排除による、動物的エロティスムの現出であった。その思想ベクトルはバタイユのエロティスムと通底しており、人間にとって、精神性なき愛に、夢の織り成す場所もなければ、エロティスム、生の高揚はあり得ないという思考が読み取れる。さらにまた、サルトルへの痛烈な批判も興味深く、このエッセイを書いた2ケ月後の12月、『ブレッシュ』誌第7号の巻頭に集団アピール「ストックホルムへの警告」を掲載、サルトルの偽善と、その発言によって人間をさらに隷属状態に陥れた重大な責任を問うている。このエッセイを約めて言えば、アナロジーを刺激し、発展させること、「その代価は詩である」。宗教の外部で聖なるものを護ること、「その代価は愛である」。注視しつつ、偶然起こり得ることに対して開かれていること、「その代価は自由である」。これが死を2年前にしたブルトンの変わらぬ三つの信条にたいする、現代につながる見解であり、本書に収めた「ギー・デュムールによるインタビュー」記事にも、ブルトン自らがその思いについて解説しているので併せて読まれたい。

「マドレーヌ・シャプサルによるインタビュー」Entretien avec Madeleine Chapsal ——1962年8月に女性ジャーナリストで作家であるマドレーヌ・シャプサルと対談し、その記事が同月、文芸誌「エクスプレス」に初出、1970年、評論集『等角投像』に再録された。戦後のシュルレアリスム活動が若い世代につながっていくという期待、1ケ月前に亡くなった精神的盟友バタイユの死への哀惜、自動記述は目的ではなく実験であり、重要なのは一切の隷属から解放される精神性にあること、自らの作品のために文章を書くような隷属的な行為は一切していないこと、若い頃の思い出や、ほとんど知られていなかったランボーとロートレアモンの発見など、興味深い内容が満載であり、極めて貴重な記事といえよう。

　特に最晩年にあっても、詩と文学とは何のつながりもない、文学は駄弁、詩はあらゆる内的冒険であり、興味があるのはこの冒険だけだと言い切ったことは注目に値する。マンディアルグは、ブルトンの美文をフランス文学史上最高のもののひとつであると称揚した上で、次のように述べている。「アンドレ・ブルトンの文章の美しさは職業的なものではなく、霊感の問題だということだ。彼のうちに詩人を認め、文学におけるあらゆる良き職人・古参の常連たちと彼とを区別するには、それだけで十分である。ある（数少ない）人たちは、自らの精神の中に保っている物によって昂揚させられなくなった作家が、どんな困難に突き当たるか、そしてそのような時に、神秘的にも紙から現れてペンの前に立ちはだかる障壁がいかなるものなのかを知っている。私の信じるところでは、このようなときにアンドレ・ブルトンは思わず全く違った流れに従うか、でなければ、席を立って再び日常生活に戻っていったのだ。彼の作品には、ある種の昂揚状態の影響

下で書かれなかったものはひとつもないと私は思う。彼の作品を読みさえすれば、霊感によってよってのみ仕事をし、また霊感に無理強いをしないという彼の教義に、彼自身が如何に忠実だったかが分かるのである」(「言葉の閃光」星埜守之訳より)。つまり、ブルトンの発言は、詩と文学をジャンルとして単純に区別しているわけではなく、霊感や昂揚とは無縁の職業作家の文学を、駄文と切り捨てていると見た方が妥当だろう。しかしマンディアルグは、そうしたブルトンの稀有な天分こそが、作家の名を冠するにふさわしいと述べ、ブルトンの文章が、対象に肉薄した多様な喚起力と高揚力をもって奇蹟的な美を拡散しており、彼自らが言及した定式「言葉たちは愛を営む」をはるかに超えていると讃えている。いわば、ブルトンの文章それ自体が、それがどんなジャンルの散文で書かれようが、最高の詩になるのであった。

「ギー・デュムールによるインタビュー」Entretien avec Guy Dumur ──1964年12月10日、ジャーナリスト、ギー・デュムールによるインタビュー記事が「ヌーヴェル・オプセルヴァトゥール」紙に初出、1970年、評論集『等角投像』に再録された。生涯最後のインタビューである。時代を見る先見の明の持ち主、ブルトンにとって、世論は常に四半世紀は遅れていること、シュルレアリスムから派生したポップアートなどは、産業社会の隷属化にあり、その精神性において退化していると看破したことは、あらゆる精神や作品が産業社会に収斂されていくようになった現代の我々から見て、まさに正鵠を射たものと言えよう。

また、左翼組織に対する不信感についても、すでに1930年代初頭において、誰よりも早くスターリンやソ連を告発し、そのことによって、爾来およそ30年間、左翼から数々の妨害や非難を浴びてきたブルトンにしてみれば、当然といえば当然であったろう。

最後の質問でブルトンは、「女性の到来」というテーマでシュルレアリスム国際展を来春に企画していると発言しているが、これは結局、テーマに適った作品が集まらずに挫折し、代わりに産業消費社会を真っ向から批判・諷刺した「絶対の逸脱」展が翌年12月に開催されたことを申し添えておこう。当時、彼がいかに産業社会下にある女性や愛と性の問題を憂慮していたかが知られ、その経緯については、本書と同時刊行の『あの日々のすべてを想い起こせ──アンドレ・ブルトン最後の夏』ラドヴァン・イヴシック著に詳しいので併せて読まれたい。

「アンドレ・ブルトンが選ぶ理想の書棚」Pour une Bibliothèque Idèale, Enquête présentée par Raymond Queneau.（レーモン・クノーによるアンケート、『理想の書棚』）──1950年、レーモン・クノーは当時の作家、知識人に、あなたの理想の書棚は？というアンケートを企画し、以

降約5年の歳月をかけて、60名の回答を得、それを編集したものを1956年にガリマール書店から刊行した。本書はそのブルトンの回答を紹介したものである。

　このクノーの本には、ブルトンの他に、ジャン・ポーラン、ブレーズ・サンドラール、ヘンリー・ミラー、ミシェル・レリス、バンジャマン・ペレ、ポール・エリュアール、ジョセフ・ケッセル、ピエール・マッコルラン、ロジェ・カイヨワ、ポール・モーラン、本人のクノーなど、錚々たる面々の回答が掲載されており、各人が重要と考える書物をおおむね100冊程度回答している。なかには、このアンケートに答えられない理由を書いて1冊も挙げていないジャン・ポーランのような人もいれば、枕草子、更級日記、和泉式部日記、紫式部日記なども挙げているクノー本人のような人もいて、大変興味深い。ただ、回答者に総じて言えるのは、かなりの数の古典的思想書を挙げており、彼らヨーロッパの知識人は、自らの思想の下地に深い古典的教養を持っていたことが分かる。

　そしてアンドレ・ブルトンが挙げた112冊を眺めるに、分類分けから順序まで相当慎重に選ばれていることがうかがえる。古代エジプト、古代中国、マヤ神話、エスキモー、オセアニアから始まり、古代ギリシャの弁証法哲学者や自然哲学者、グノーシスの異端キリスト教徒、神秘学者から錬金術師、隠秘学者やカバラの書、さらにはユゴーの神秘主義詩など、彼がいかに隠秘学の神秘主義や錬金術に誘惑され、人間の精神の復権や、現世界の枠組を変革するための探究を続けていたかが知られる。すでに彼が『シュルレアリスム第二宣言』で「シュルレアリスムの探究は錬金術の探究と、目的において著しく似通っている」と言明したことは有名であり、現代の我々からすれば、さほど驚かないだろうが、1956年当時に、このラインナップは相当な異端であり、ブルトンの先見の明というか炯眼は、常に四半世紀以上先を見ていたとも言える。なぜなら、この現代文明が行き詰まれば行き詰まるほど、ブルトンの挙げた書はますます貴重とされ、事実、この半世紀の間に、数々の研究書が書かれて紹介されていることからもそれは知られる。とりわけ、フランスの隠秘学者、サン＝ティーブ・ダルヴェードルを4冊も挙げているのは特筆すべきで、生と世界の変革の統合を目指したブルトンが、シャルル・フーリエをはじめ、理想的な共同社会の在り方について、飽くなき考察を巡らせていたことが分かる。

　もうひとつ特筆すべきは、フランス伝統の恋愛心理主義小説を挙げていることである。前掲のインタビューで、文学は駄弁だと言い切ったブルトンが、「クレーブの奥方」、「マノン・レスコー」、「危険な関係」、「アドルフ」、「ラミエル」、「十三人組物語」を挙げていることは複雑である。つまり、これら小説は、おそらくブルトンに言わせれば、文学という駄弁ではなく、愛と性の真実を探求した昂揚の書なのであろう。それもそのはず、ブルトンの諸作品には、性本能の

讃美、欲望の肯定、情熱恋愛の称揚、世界における女性の役割の強調が随所に謳われ、愛や女の美について語るときの彼の高揚した調子は、ほとんど神秘的といってよいほどの憧憬と熱情が込められているからだ。《女性の上に付けられる唯一の男にしか価値のない選択の印は、霊魂と肉体とのいわゆる二元論を糾弾するに充分である。その段階では、肉体的愛が精神的愛と必ず一体化することはまず間違いない。相互の魅力は、完璧に補い合う途を通って、有機的で精神的な、全面的結合を実現するほど強力であるはずだ》（「吃水部におけるシュルレアリスム」より）と書いているように、一対一の情熱恋愛の輝きがなければ、ついに世界も人類も解放されないという、究極的な恋愛至上主義者なのだ。これはすなわち、陰陽の完全な統合を目指す情熱恋愛こそは、魔術の源、至高点への化金石という錬金術思想の要諦でもある。そうしたブルトンにすれば、これら小説は恋愛の昂揚と苦悩を描ききり、恋愛至上の世界観を据えていることにおいて、充分読むに値するものだったであろう。デュ・モーリエの「ピーター・イベットソン」、ハーディの「日蔭者ジュード」を挙げているのも、その系列といってよい。

　また、モーリス・バレスの小説「霊感の丘」を挙げているのは興味深い。周知のように、ダダ時代のブルトンは「モーリス・バレス裁判」を挙行し、バレスのナショナリズムを糾弾していたわけだが、実は愛読書もあったというのだから、事は複雑である。この小説は、1913年、ブルトン17歳の時に発表されており、ナショナリズムというより、ケルトの精霊が宿る大地と血の神秘を描いた美しいものである。ブルトンが、森のヨーロッパに住んでいたケルト人の末裔ということもあろうが、彼が実はバレスの喚起力のある美しいフランス語の文章を愛していたことは、マンディアルグ等の証言にもあり、フランス語という言葉に対するブルトンの並々ならぬ愛と執着を感じるのである。バレス糾弾も、ダダ運動の戦略上のことであったかもしれないが、それだけに愛憎半ばするものがあったであろう。

アンドレ・ブルトンが晩年に賞讃・発見した知られざる画家たち——このたび22人のアーティストの作品をカラー画像で紹介したわけだが、それぞれの画風が大きく異なる各人の作品を閲して、ブルトンの嗜好に一貫性がないと思われる向きがあるかもしれない。しかし、それはあくまで表面上のことであって、彼の曇らぬ心の眼は、常にカンバスの向こう側にある創作者の精神性を透視していたと言ってよい。これらの画家に共通して言えるのは、彼らが近代絵画の造形至上主義的な一切のメチエを放棄し、霊感的効果による自然の永遠のヴィジョンをもたらしているということだ。いわば、彼らの眼が未開の状態で存在していること、すなわち、この世の向こう側にまで透徹したヴィジョンを持っていたとも言える。ブルトンが晩年に至って、アール・

ブリュット（生の芸術）や、ナイーブ・アート（素朴派）にますます傾倒していったことは、戦後、急速に拡散した商業主義的風潮と無縁ではあるまい。商業主義という《賢者の石の産業化の欲求》によって、《精神の敗北という事態を惹き起す》事象がさらに蔓延する社会において、魂のオートマティックな（霊媒的な）純粋さこそが、芸術創造において唯一、魔術的効果を引き出すという真理を、戦後において一層徹底させていたことが分かる。

　こうした倫理的潔癖性、精神的純粋性によってはじめて人間の精神の輝かしい復権、つまり地上の矛盾が解決されるべき《至高点》に到達せんとするシュルレアリスムの探究は、ブルトン自らも言ったように、道士（マージュ）と呼ばれる神秘哲学者や魔術師、錬金術師たちの探究と極めて類似しており、ミシェル・カルージュは、その著『アンドレ・ブルトンとシュルレアリスムの基本的思想』（1950年）において、その思想が古代から連綿と続くヘルメス学の系譜に位置づけられると指摘している。しかし、カルージュがカトリックのエッセイストであったことから、この著作が物議をかもし、アンリ・パストゥーローらグループのメンバー数人がブルトンに注意を促すと同時に、「フランスカトリック知識人センター」でのカルージュの講演を妨害し、その結果、グループ内部に深刻な亀裂が生じ、グループから脱退する者が多数出るという、いわゆる《カルージュ事件》が引き起こされたことはよく知られている。ブルトンは思想的立場をはっきりさせるため、集団宣言「高周波」を発行、反教権主義の立場を明確にし、カルージュとの関係を絶つに至ったわけだが、ブルトンにしてみれば、カルージュの見解は当を得たものであったに相違ない。これはいわば、ブルトンが唯物論から唯心論へ傾斜していたことを示すもので、唯物論に凝り固まったメンバーにしてみれば、ブルトンが宗教というイデオロギーに偏したとしか映らなかったのであろう。

　たしかに、ブルトンが晩年愛した画家には、宗教的な絵が多い。ヴードゥー教の信者であるエクトル・イポリットの作品や、ジョゼフ・クレパンの「寺院」などの作品、さらには、シャルル・フィリジェにもイエスの十字架像やキリスト教を思わせる絵が多々あり、ブルトンはそのフィリジェの絵を愛蔵して自分のアトリエにも飾っている。そしてブルトン自身も、晩年に古い聖水盤（教会の入口に据えられ、手指を浄める容器）を蒐集しているのである。これはもちろん宗教的帰依というものではなく、彼の志向が、至高点＝絶対の探究において、純粋な精神の発揚によって彼岸を垣間見るといった、宗教に近い精神的姿勢があったことの証左であろう。そうした志向を、ジュール・モヌロが、その著『近代詩と聖なるもの』（1945年）において、キリスト教異端のグノーシス派に比較しているが、ブルトン自身が、詩的直感のみが「永遠の神秘のなかに見えない形で見える、超感覚的実在の認識としての、グノーシス（霊的認識）の道へ復帰させる糸を私たちに供給する」（『吃水部におけるシュルレアリスム』1953年）と言っているように、あたかも霊的

認識によって真理を探究する苦行僧のストイックな精神性と似ていなくもないのである。

　しかし、一方でブルトンは「芸術的発見のプロセスは、高等魔術の形式や進歩の方法そのものに従っている」(『秘法十七』1945年)と言いながら、《高等魔術の形而上学的な野心》を警戒し、断固として切り捨てているのである。これは、その精神的志向の類似は認めるが、宗教につきものの眉唾的な体系的思想や形而上的思考を一切拒否する意志表明と言ってよい。宗教が陥る形而上学的なまやかしこそ、ブルトンが重視した《詩的直感》を踏みにじるものであり、彼はそのことを誰よりも知悉していたに相違ない。

　本書に紹介したジャン・ドゴテクスが東洋の影響を受け、精神の一点を集中させて乾坤一擲の絵筆を振るったことをブルトンは賞讃しているが、それはあくまで詩的直感やグノーシス（霊的認識）における共感であり、ドゴテクスの精神の発揚を顕彰しているのである。それは禅の思想についても言えることであり、ブルトンが禅の精神的姿勢に共感を示しながらも、その教義の形而上学には一切近寄らなかったことでも、それは知られる。

　ブルトンが戦後の1948年、機関誌『ネオン』に論文「上昇記号」を発表し、アナロジー的思考と詩的メタファーを重視した隠秘学的な詩論を展開し、現代詩におけるモラルの欠如と俗悪性を批判したが、本書に紹介した22人の作品は、その詩論と相似形をなすものと言ってよい。とりわけ、あえて最後に紹介したインドリヒ・ハイズレルは、ブルトンの隠秘学的思考を最も理解し得た人物だったと思われる。ハイズレルは、1947年3月にトワイヤンにかくまわれてチェコからパリに亡命、その直後に、ブルトンから早速、機関誌『ネオン』の創刊と編集を任されており、これは極めて異例のことと言わねばなるまい。そして翌48年に、モラルの欠如という理由でアラン・ジュフロワら多数の若手シュルレアリストが除名され、運動存続の危機に陥った際、ブルトンはメキシコにいるペレをパリに呼び寄せるほどであったが、そこでブルトンを支えたのがハイズレルであった。いわば、ブルトン、ペレ、ハイズレルの三人で運動存続の危機を乗り切ったと言ってもよい。1950年には、ブルトンの美しいエッセイ『ポン＝ヌフ』がハイズレルへの献辞入りで発表されるなど、ブルトンが最も期待した才能だったが、1953年に38歳の若さで病死、その死はシュルレアリスムにとって大きな痛手であった。もしハイズレルが長命であれば、後年にジャン・シュステルの出る幕はほとんどなく、ブルトンの片腕として、そしてまた運動の正統的後継者として、シュルレアリスム思想が一層の深みを帯び、大きな役割を果たしていたに相違ないだろう。本書に紹介した、ハイズレル独創のフォトグラヴュールの圧倒的な迫力と神秘性を堪能されたい。

　もうひとり、キューバの画家、ホルヘ・カマッチョも重点的に紹介した。彼はブルトンの最晩年、

27歳の若さでブルトンと出会い、その二年後に、ブルトンをして「カマッチョは一足飛びに、最高かつ最良の力量を持っている者、あるいはかつて持っていた者の域に近づいている」と言わしめている。エロティスムと死の領域において、彼の絵は極めて独創的かつ豪奢であり、その際立った個性による大物の風格は、まさにブルトンの言うように、シュルレアリスムの《英雄時代》の画家に引けを取らないでものであろう。32歳の時にブルトンが死ぬという不運、それは彼が生まれたのが遅過ぎたせいであるが、遅れてきたシュルレアリスト、カマッチョの知名度が低いのが惜しまれる。

アンドレ・ブルトン詳細年譜——ガリマール版アンドレ・ブルトン全集全4巻や、1991年版ポンピドゥ・センター刊「アンドレ・ブルトン展《痙攣的な美》」大冊カタログには、本書以上に詳細な年譜が掲載されているが、ページ数の都合もあり、簡潔な表現に努めたこと、さらに前2書には掲載されていない興味深い事項を、各種伝記、資料、証言等からも抽出して盛り込んだ。なにぶんにも短期間で仕上げたため、重要な事項の漏れがあるかもしれないが、日本語版としては独自に最も詳細な年譜を作成したつもりである。特に、1950年代以降については、従来から情報が手薄だった晩年の事績を明らかにするため、前2書以上の情報量を盛り込んだ。

　また、ブルトンの恋愛事情や女性関係についても、前2書には掲載のない事項を豊富に盛り込んだ。というのも、ブルトンにとって、生身の女性に対する恋愛は、その愛の苦悩や高揚において、彼の思想形成や作品と一体化していること、詩の力と同様に、愛する女性を媒体にした彼の詩的高揚は、彼の言うポエジー、そして自由と不可分のものであるからだ。ジャクリーヌ・ランバとの情熱恋愛の結実である『狂気の愛』、エリザ・クラロとのそれによる『秘法十七』はご承知のとおりであり、そこに《生きた》思想としてのシュルレアリスムの本領があったと言えるだろう。ただ、恋愛において、彼の生涯で最も苦悩が露わになったのは、おそらくシュザンヌ・ミュザールとの悲劇的な恋愛であったと思われる。シュザンヌは、ブルトンを熱愛しながらも、彼の貧困と生活苦に耐えられず、幾度も金持ちの元愛人宅を行き来するわがままな女だったが、それだけにブルトンは振り回され、愛と物質的貧困とのジレンマを3年近く味わわされている。この体験は、愛に対する彼の思考をさらに強靱化させるとともに、別離直後の1931年に、世にも美しい愛とエロスの詩篇『自由な結合』に結実しており、後年の愛に係る思想的深化を予告するものであったといえよう。（この詩は、一説には執筆当時に知り合った新しい恋人マルセルをモデルにしたと言われているが、シュザンヌの幻影は容易に去らなかったに相違ない）。

　その他に強調したのは、反スターリニズムの事績である。ロシア革命後の共産主義を、1920

年代の知識人が理想とし、ブルトンも例外ではなかったが、先述したように、ブルトンは1930年頃には、西欧の知識人のなかで最も早い時期にスターリンの虚妄を見抜き、32年にアラゴンが離反、33年には明確にスターリンを告発して以来、実に30年余りにわたって、共産党や左翼陣営、知識人から、数々の妨害や批判にさらされた。今でこそ、歴史はソ連邦の悲惨な実態を証明しているが、ブルトンが生きた時代は、ブルトン自身が孤立するほどの強烈なソ連信奉の思想状況であったことが知られる。戦勝国ソ連を信奉する戦後のレジスタンスや、サルトルら実存主義の妨害、エリュアールの離反……、芸術の独立を訴えるトロツキズムを援用しただけで、特権階級意識の持ち主だと非難される強力な思潮を理解するとともに、ブルトンがそれに抗して晩年に至っても、ソ連によるハンガリー動乱に憤激の狼煙を上げるなど、孤立無援の闘いを緩めなかったことは、年譜にも明記しているところである。ブルトンが死す年の1966年、左翼陣営がついにトロツキズムを援用しながら彼に協力を仰いだ時、「現時点では不可、方法的にも不可」と声明を発表したことは、左翼陣営への不信感のみならず、すでに時代はさらに深刻化・複雑化しているというブルトンの炯眼によるものであろう。

　この年譜を作成して実感したことは、第二次大戦後、原爆の投下による核の脅威、それは人類がついに自滅する技術を手にしたものとして、世界の知識人に大きな衝撃を与え、ブルトンも大きな転機を迫られたことだ。彼はさらに深く危機感を抱き、この現代世界は、ギリシャ・ローマ文明が推し進めた、精神なき技術文明（魂なき錬金術）の終局的な様相と捉え、太古の人類が有していた詩性と叡智を対置し、自らの思想的深化と多様な活動をもって、現代世界の虚妄を訴え続けた。そのことによる戦後の活動は、深刻な課題が山積する分、戦前のシュルレアリスムの活動とは比較にならぬほど多岐にわたり、含蓄のあるものだったと言ってよい。

　そしてさらに襲う圧倒的な消費文明の波。早くから商業主義を断固否定していたブルトンは、先述したように、そうした社会構造から逸脱して向こう側へ行った芸術家の純粋な精神を賞揚し、商業主義に埋没する才能の発掘・紹介に意を尽くし続けたばかりか、産業技術社会下にある愛と性の退化、商品の消費に覆い尽された人類の精神の退化へ警鐘を鳴らすなど、半世紀以上前にしてはあまりに早い洞察を展開している。

　そうした戦後の世界とはつまり、人間が人間でありたいという欲望を失った社会であり、人間の活動の大部分が有益な物品を生産する活動に隷属し、その精神的な奴隷状態に人間が反応していないという、おぞましい事態の到来であった。しかも知識人、政治家らがそれに輪をかけて偽善的発言を繰り返し、人間は自らへの問いをやめた無感覚状態へ向かうという、現代に直結する様相が如実に生じ始めた時代でもあった。これに対して、ブルトン同様に深刻な危機感

を抱き、ほぼ同じ洞察を展開していたのが、ジョルジュ・バタイユである。そのバタイユは言う、「実際、今や、人間全般の生が衰退しているのである。そのため学問、政治、芸術の向こうには何も存在しなくなっているのだ。学問、政治、芸術は、どれもそれ自体のためにだけ、孤立して生きていかざるを得なくなっている。それぞれが主人を亡くした従者のようなのだ」(『魔法使いの弟子』酒井健訳より)と。ブルトンとバタイユの関係については、我が国では、『シュルレアリスム第二宣言』におけるバタイユへの弾劾、その報復という顛末ばかりが紹介されているが、実は二人は『ミノトール』誌の時代、1938年頃からバタイユの死までの四半世紀の長きにわたり、相互理解を深めていたことはあまり知られていない。

そのことから年譜には、二人の相互理解の事績についてもできる限り盛り込むことにした。たとえば、ブルトン帰仏直後の1946年、バタイユが『クリティック』誌に「シュルレアリスム、実存主義との違い」を発表、《おそらくここ20～30年を通じ、アンドレ・ブルトンほどに、人間の意味をも巻き込むようなことを、ごく些細な行動にまで与えた者はいない》と書けば、今度は翌47年、ブルトンが新刊の『秘法十七』をバタイユに献呈、「我が人生において知るに値した数少ない人間の一人、ジョルジュ・バタイユにこれを捧ぐ」と献辞を書く。さらに59年、シュルレアリスム国際展「エロティスム」のカタログ序文で、ブルトンはバタイユの思想を展示コンセプトの根幹に位置づけ、高く評価すれば、その翌年、バタイユは新著『エロスの涙』について、長年にわたるブルトンとの相互理解につながるものと編集者に発言しているのである。これは実存主義という浮薄な現世的流行の裏側で交わされた、世にも稀有な知の黙契であろう。二人の思想ベクトルに共通するのは、まさにバタイユの言葉である、《人間の運命への愛》であった。バタイユがすでに1938年に「人間でありたいという欲求が欠落しているこの世界には、有益な人間の魅力なき顔のための場所しかもうないのだ」と嘆じているが、その絶望の裏返しとして、二人の戦後の目覚ましい思想的展開があったというべきだろう。

この詳細な年譜をあえて作成したことについて、あたかも墓堀人夫の所業と批判される向きもあろうかと思うが、年譜を御覧のとおり、多方面にわたる目まぐるしくも凄まじい活動の履歴を見るにつけ、彼がまさに《生》の変革と《世界》の変革の統合という希求のもと、内と外との両輪にわたって一生涯奮闘し続けていたことが知られる。そうした彼の事績を世に紹介することは、一種の格別な感動を呼び起こしこそすれ、決して無駄にはならないであろう。恋愛に苦悩しているかと思えば、政治的な集団アピールを表明し、そうかと思えば無名の画家を紹介しつつ、シュルレアリスム機関誌を相次ぎ刊行、展示企画や出版企画、偽善者への弾劾行動やグループの維持、知識人との論争などなど、彼の活動のあらましは承知していたつもりだが、こうして

詳細な年譜を作成してみると、まさに月刻みのおびただしい活動を目の当たりにして、ある種の畏敬と畏怖を禁じ得なかったというのが本音である。

　何をもって彼をしてここまで駆り立てたのか？　マンディアルグはこれを犠牲的精神と言い、デュシャンは「愛についてあれだけ大きな包容力を持った人物を私は知らない」と言ったが、当のマンディアルグはこうも言っているのである。「アンドレ・ブルトンは我々の時代の大いなる突然変異体（ミュータント）のひとりだったのであり、彼の中にはある種の冥い透視力が存在していたのです。それは明晰な透視力よりもはるかに深いもので、第一次大戦末期に形成されつつあったもの全てを彼に垣間見させた、というか、感じさせたのです。これら全てに、彼はシュルレアリスムをもって答えました」。

　物質的進歩の幻想に取り憑かれているこの文明がもたらした最悪の事態の一つ、第一次大戦という地獄の殺戮戦争下から出発したブルトンは、テスト氏、ヴァシェ、知られていなかったランボーやロートレアモン、未開人のオブジェ、精神医学インターン……と経めぐって、人間を不幸に陥れている最終的な標的を明確に感じ取り、その正体をはっきりと見極めたに相違ない。それは極めて若い時期のことであり、この文明に抗して非命に斃れた幾多の先人の魂を胸に刻むにつけ、おのれの人生に使命のようなものを深く根付かせたのではなかったか。そこから生じた揺るぎない信念は、透徹した心眼によって、驚くべき意志力で精神の高揚を持続させながら、ついに一生涯をもって、あがなわれるに至ったといえば短絡に過ぎるであろうか。

　私たちに押しつけられた人生、無意味としか感じられないこの空間と時間の堆積の世界にあって、人間が人間であることの真の至福とは何処にあるのだろうか。この不幸な枠組みから唯一脱することのできる突破口――その糸口を探求することの他に、生きる意味があるとでもいうのだろうか？　何故に、ヴァシェやリゴーが自らの命を絶ったのか？　ブルトンが一生涯をもって駆り立てられ、あがなわれるに至ったもの、それは、その糸口を探求することをやめれば、生の無意味さが決定づけられ、即座にヴァシェやリゴー同様、死ぬ他にないからではなかったか。それはまさに絶望の裏返し、絶望すれすれの崖っぷちを歩む綱渡りの業であり、その歩みを持続させるには、常に精神を高揚させること、つまり結晶的緊張を保つ必要があったのではなかったか。

　人間が人間でありたいという欲求の取り戻し、なにものにも隷属し得ない自由な精神をもって初めてたどり得る、人間が本来、感受すべき真の至福への希求――それには物質的な物事に囚われぬ精神の倫理性（モラル）が不可欠であったが――そうした希求が失われるとすれば、われわれ現代人は何を希求して生きていけばよいのだろう？　その熾烈な希求は、ブルトンをして時には秘教的な領野、あるいは政治的な行動に駆りたて、しばしば悲劇的な挫折を余儀なくさ

れたが、あくまで自らが標榜した信条に妥協することなく、その地点に向かって全身全霊で闘い続けた彼の人生と、そのたゆまぬ誠実さに、一人の人間として、人類の唯一の希望を見る思いがすると言えば、言い過ぎだろうか？

　年譜からは、そうした一人の不屈の男の、その情熱、そのエネルギー、その想像を絶する困難との闘いを読み取っていただければ幸いである。彼が生涯想い視た、凄絶な道程の彼方にある《地の光》Clair de Terre を、没後50年が経過してますます閉塞化する21世紀の現世界にあって、いよいよそれが唯一の曙光ではないかと感じるのは私だけであろうか？　われわれが生きている世界、置かれた状況を、絶えず問い直し続けること、精神の高貴さを自らに問い直すこと、それがアンドレ・ブルトンを、シュルレアリスムを読む者の最低限のたしなみというものなのであろう。

2016年5月
松本完治

編訳者略歴

松本 完治（まつもと かんじ）

1962年、京都市生まれ。仏文学者・生田耕作氏に師事。学生時代の83年に文芸出版〈エディション・イレーヌ〉を設立、文芸誌『るさんちまん』を三号まで刊行。『至高の愛』、『マルティニーク島 蛇使いの女』アンドレ・ブルトン、『愛の唄』ジュネ、『自殺総代理店』ジャック・リゴー、『薔薇の回廊』マンディアルグ、『塔のなかの井戸〜夢のかけら』ラドヴァン・イヴシック、トワイヤンなど編訳書多数。

鈴木和彦（すずき かずひこ）

1986年、静岡生まれ。京都大学文学部卒業。東京大学大学院博士課程単位取得満期退学。現在、パリ第10大学博士課程。訳書にミシェル・ドゥギー『ピエタ ボードレール』（未來社）、クリスチャン・ドゥメ『日本のうしろ姿』（水声社）。

ANDRÉ BRETON
PERSPECTIVE CAVALIÈRE

等角投像
【500部限定保存版】

発行日
2016年9月28日
著　者
アンドレ・ブルトン
編　者
松本 完治
訳　者
鈴木和彦　松本 完治
発行者
月読 杜人
発行所
エディション・イレーヌ
ÉDITIONS IRÈNE
京都市左京区北白川瀬ノ内町 21-2
〒606-8253
Tel. 075-724-8360
e-mail : irene@k3.dion.ne.jp
URL : http://www.editions-irene.com
造　本
Atelier 空中線　間 奈美子
印　刷
株式会社グラフィック

定　価
4,260円＋税

ISBN978-4-9909157-2-8　C0098 ¥4260E

アンドレ・ブルトン没後 50 年記念出版
Publication du 50 ans commémoration après la mort ; 2016

I 太陽王アンドレ・ブルトン
アンリ・カルティエ＝ブレッソン、アンドレ・ブルトン著／松本完治 訳

石を拾い、太古の世界と交感するブルトン、その姿を写真と文で伝える表題写真集。
晩年の名篇『石のことば』を添えて、ブルトンの魔術的宇宙観の精髄をみる。

◆B5変形美装本、写真13点収録、78頁　定価 2,250円＋税

II あの日々のすべてを想い起こせ　アンドレ・ブルトン最後の夏
ラドヴァン・イヴシック著／松本完治 訳

中世の美しい村、サン＝シル＝ラポピー。晩年のブルトンに密接に関わった著者が明かす、
1966年晩夏、アンドレ・ブルトンの死に至る、衝撃の真実！

【2015年4月ガリマール社刊、初訳】◆A5変形美装本、164頁　定価 2,500円＋税

III 換気口 Appel d'Air
アニー・ル・ブラン著／前之園望 訳

現実世界に風穴を開けるポエジーの呪力の復権を論じた、シュルレアリスム詩論の名著、
アニー・ル・ブランの著作を本邦初紹介！　◆A5変形美装本　定価 2,500円＋税

IV 等角投像
アンドレ・ブルトン著／松本完治 編／鈴木和彦・松本完治 訳

最晩年のブルトンの貴重なエッセイ、インタビュー、愛読書リスト、彼が発掘した22名の
画家の作品をカラー図版で紹介、さらに克明・詳細な年譜を加えた画期的編集本。

【500部限定保存版】◆A4変形美装本、図版約160点収録、156頁　定価 4,260円＋税

関連既刊書

マルティニーク島 蛇使いの女
アンドレ・ブルトン著、アンドレ・マッソン挿絵・文、松本完治訳

待望の日本語完訳版がついに刊行！ マッソンのデッサン9点と、
詩と散文と対話が奏でる、シュルレアリスム不朽の傑作。

◆A5変形美装本、挿絵全9点うち7点別丁綴込、資料図版多数収録、140頁　定価 2,250円＋税

塔のなかの井戸〜夢のかけら
ラドヴァン・イヴシック＆トワイヤン詩画集／松本完治 訳・編著

アンドレ・ブルトンが最晩年に讃えた魔術的な愛とエロスの〈詩画集〉。
アニー・ル・ブランなど、最後のシュルレアリスム運動を図版とともに紹介した〈資料集編〉。

◆2冊組本・B5変形判筒函入美装本、〈詩画集編〉手彩色銅版画12点収録・38頁、
〈資料集編〉デッサン12点・資料図版60点収録・76頁　定価 4,500円＋税

造本・アトリエ空中線　間奈美子

ÉDITIONS IRÈNE ──── エディション・イレーヌ
ご注文・お問い合せは e-mail ; irene@k3.dion.ne.jp / tel. 075-724-8360
http://www.editions-irene.com